8.-/C

Klaus-Peter Wolf

Die Fliegen kommen

Roman

Literarischer Verlag Braun

Lektorat : Berndt Mosblech
Grafik : H. D. Gölzenleuchter

Satz und Druck : Kasper-Druck, Burscheid
ISBN 3-88097-025-4

Klaus-Peter Wolf

Die Fliegen kommen

Roman

Literarischer Verlag Helmut Braun

I. Kapitel

Es war verdammt warm in der Kneipe. Ein ungewöhnliches Summen lag in der Luft und bedrückte die Menschen. Nick fischte eine Fliege aus seinem Bierglas. "Hier stimmt etwas nicht", dachte er vom Alkohol beduselt.

Bob legte einen Deckel auf sein Bierglas und schlug wütend nach einer Fliege, die vor seiner Nase herumsummte. "Überall diese Scheißviecher! Du mußt mal lüften hier – oder sprühen, oder was weiß ich", schimpfte er.

"Ihr könnt ja euer Bier woanders trinken!" fluchte Charlie, der Wirt, und wischte sich sein schweißnasses Gesicht mit den Hemdsärmeln ab. Er schielte zur Decke. Die Fliegen hockten dicht gedrängt um die Lampen herum. Sie bildeten große, schwarze Inseln auf der weißen Decke. Es sah aus, als würden es ständig mehr. Hunderte winziger Körper klebten an dem Fliegenfänger an der Lampe.
Morgen muß ich einen neuen Fliegenfänger aufhängen, dachte Charlie mißmutig.

Nick bestellte sich noch ein Bier. Er strengte seine Augen an, um die Uhrzeit zu lesen.
"Ich habe wohl ganz schön getankt! Ich bin ja fast blind."

Die Fliegen machten Nick nervös. "Diese Scheißhitze! Seit Wochen kein Regen. Nicht mal ein kleiner Schauer, und jetzt auch noch die Fliegen! Wo leben wir bloß?"

Er prostete Bob zu und leerte sein Glas in einem Zug. “Ich hab’ die Nase voll. Ich hau ab!” sagte Nick, dann ging er schwerfällig die paar Schritte zum Kleiderständer und zog seine Blazerjacke über. Kaum hatte er die Tür hinter sich zugeknallt, hörte er auch schon dieses Brummen.
Komisch, dachte er, ein Lärm wie auf einem Flugplatz. Das Dorf ist auch nicht mehr das, was es mal war.
Er atmete tief durch, um wieder einen klaren Kopf zu bekommen.

Da hob sich etwas Schwarzes aus der Dunkelheit. Nick versuchte, sich zu konzentrieren. Von dem schwarzen Etwas, das da über dem Feld schwebte, schien der Lärm auszugehen.
Neugierig näherte Nick sich dem Ding.

Ein Stein. Ein Stein, der in der Luft schwebt, dachte er.
Eine Wolke. Eine tiefhängende Wolke. Einen Meter über dem Boden. Das gibt es doch gar nicht.

Je länger Nick in die Dunkelheit stierte, desto sicherer wurde er, daß die Wolke sich aus zig winzigen Teilen zusammensetzte. Da tanzten Millionen schwarzer Punkte in der Wolke über das Feld.

“Das muß ich mir genauer angucken.”

Nick kramte nervös in seiner Blazertasche nach Streichhölzern. Hatte er sie verloren? Er befingerte die Brusttasche.

“Aha!”

Ein paarmal riß er das Streichholz an der Reibfläche entlang, aber kein Funke entzündete sich. Mensch, muß ich besoffen sein, dachte Nick und ließ die Streichhölzer einfach fallen.

Im selben Augenblick spie die Wolke einen Teil ihrer Substanz aus. Die freigewordenen Punkte formten sich zu einer neuen Wolke und rasten auf Nick zu.
Nick stieß einen kurzen Schrei aus und warf sich zu Boden. Seinen Kopf vergrub er unter den Armen. Wie eine zähe Schaummasse krochen die Fliegen über ihn und fraßen sein Zeug an. Sie krochen ihm in den Anzug, krabbelten an seinen Beinen hoch und wühlten in seinen Haaren.

Er war sofort wieder nüchtern. Schreiend rollte er sich über das Feld und versuchte, die Fliegen unter sich zu erdrücken. Ein unbeschreibliches Ekelgefühl überkam ihn. Er schlug um sich, doch die Fliegen ließen nicht locker.

Nicks Schreie lockten die Leute aus Charlies Kneipe. Ratlos standen sie vor der Tür. Sie sahen nichts. Die Dunkelheit begrub alles. Aus der offenen Kneipe fiel ein weit sichtbarer Lichtkegel auf die Leute vor der Tür.
Bob wagte sich am weitesten in die Finsternis. Ihn griffen die Fliegen zuerst an. Sein durchdringendes Kreischen ließ die Zecher in die Kneipe flüchten. Sie schlugen die Tür zu und warfen sich dagegen. Ihre Gesichter wurden farblos.

"Was ist denn los?" brüllte Charlie von der Theke aus. Seine Augen nahmen einen wahnsinnigen Blick an. Er wischte sich die biernassen Hände wieder an dem schmuddeligen Hemd ab und fluchte.

Bob schlug gegen die Tür. "Aufmachen! Aufmachen! Macht doch auf! Hilfe!" Die Zecher hielten die Tür ängstlich zu.

Wütend über den Lärm kam Charlie an, der das Ganze nicht verstand. "Weg da, macht die Tür auf! Ihr sollt die Tür aufmachen!" Er drängte die Gäste zur Seite und riß die Tür auf.

Bob stand vor ihm.

Charlie bekam für einen Augenblick kein Wort heraus. Bob war schwarz von Fliegen. Man konnte sein Gesicht nicht erkennen. Die Fliegen saßen überall, nur seine verstümmelten Hände hatten die Fliegen nicht besetzt. Die Frau, die bis jetzt in der Ecke über einer Zeitung hockte, stieß einen schrillen Schrei aus.
"Helft ihm doch!" brüllte Charlie und schlug mit seinen Fäusten auf Bob herum. Schon befielen die Fliegen auch Charlies Hände und Arme. Da ergriff ein Gast eine Tischdecke, fegte drei Biergläser auf den Boden und warf die Decke über Bob. Dann schlugen sie zu dritt mit Jacken, Decken und Hüten nach den Fliegen.

Kurze Zeit später war der Spuk vorbei. Die Fliegen

zogen in fast geschlossener Kolonne durch die offene Tür nach draußen. Nur ein paar Haufen verirrten sich im Raum und ließen sich bei den anderen Fliegen unter der Decke nieder.

Bob brach zusammen. Zerquetschte Fliegenkörper klebten an seiner Kleidung und verzerrten sein Gesicht. Die Frau, die in der Ecke Zeitung gelesen hatte, übergab sich.

Charlie schrie nach seiner Frau.
“Tu doch mal einer was!” rief ein Gast, worauf ein anderer sein Bierglas über Bobs Kopf auskippte. Aus irren Augen blickte Bob um sich, dann begann er wie ein Kind zu heulen.
“Werd’ nicht hysterisch!”
“Wer hat da draußen so geschrien?”
“Nick wahrscheinlich, den werden die Biester wohl auch angegriffen haben.”
“Wir müssen ihm helfen!”
Charlie kratzte sich die Kopfhaut. “Ich weiß nicht recht”, sagte er, “vielleicht sollte man lieber die Polizei rufen.”
“Du spinnst ja! Die Fliegen sind überall und tun keinem etwas. Was willst du der Polizei denn erzählen? Die lachen dich aus.”

Bob versuchte aufzustehen. Charlie half ihm.
“Hol ma’ einer ’n Stuhl!”

Tony, der jüngste Zecher, rückte einen Stuhl heran und stützte Bobs schweren Körper. Bedrückendes

Schweigen machte sich breit und beherrschte bald den ganzen Raum. Nur Bobs schwerer Atem störte die Stille. Von Nick war nichts mehr zu hören.

Charlies Frau hantierte hinter dem Tresen. Das rhythmische Klirren der Gläser verriet, daß sie zitterte. Die Frau in der Ecke hatte den Kopf in die Hände gelegt. Von Zeit zu Zeit zuckte ihr Körper zusammen. Sie stieß dann einen kurzen unterdrückten Schrei aus. Ihr Schrei klang tierisch. Er jagte Charlie eine Gänsehaut über den Rücken.

Tony spürte, daß etwas Schreckliches in der Luft lag. Er ging zum Tresen und sagte: "Emmy, ein neues Bier."
Emmy drehte den Hahn auf und versuchte, ein Bierglas ruhig darunter zu halten, aber so sehr sie sich auch bemühte, es gelang ihr nicht.
Bob, der langsam wieder zu Verstand kam, redete undeutlich auf Charlie ein.
"Red' kein wirres Zeug, trink dir erst mal was!" sagte Charlie und goß ihm einen Doppelten ein.

Still beobachtete Tony die Szene.

Kaum tauchen ein paar Fliegen auf, drehen die gleich durch, dachte er und verachtete in diesem Augenblick alle.
Er entschloß sich, mal nachzusehen, was mit Nick los war. Tony glaubte zwar, daß dem besoffenen Nick gar nichts passiert war, und daß er höchstens irgendwo in einem Straßengraben lag, aber es

machte ihm Spaß, den Helden zu spielen. Er setzte seine Django-Miene auf, stemmte sich gegen die Theke und sprach mit fester Stimme: "Ich geh jetzt raus und schau mal nach, was mit Nick los ist." Dann ging er zur Tür, riß sie auf und stelzte hinaus, ohne sich umzudrehen.
Gern hätter er noch gesagt: "Ihr seid ja alle feige!" oder: "Wenn ich nicht gehe, geht keiner. Ihr würdet ihn aus Angst verrecken lassen!"
Aber er sagte nichts, denn er war fest davon überzeugt, daß seine Tat dadurch, daß er sie völlig selbstverständlich erledigte, noch mehr Aufsehen erregen würde.
Morgen, wenn das ganze Dorf darüber redet, werde ich so tun, als sei nichts gewesen. So etwas macht ungeheuren Eindruck! Vielleicht lasse ich einen Satz fallen wie: "Das sind doch kleine Fische für mich!" dachte Tony.

Er kümmerte sich nicht um die Fliegen. Er wurde nur von wenigen belästigt. Der große Schwarm war woanders hingeflogen. Tatsächlich fand er Nick so, wie er es sich vorgestellt hatte. Er lag besinnungslos besoffen auf einem Feld nahe der Kneipe. Dreck und Matsch klebte an seiner Kleidung. Er roch ekelhaft. Tony zog ihn zur Straße. Er zögerte, sollte er ihn auf den Arm nehmen?
Mühsam schleppte er ihn zur Kneipe. Unterwegs mußte er ein paarmal absetzen, weil er außer Atem kam. Einige Meter vor der Tür legte er Nick hin und schüttelte seine Arme aus.
Jetzt wirst du ihn in die Kneipe tragen und ihn,

ohne eine Bemerkung zu machen, auf den nächsten Stuhl setzen, dann gehst du zum Tresen und trinkst wortlos dein Bier aus, dachte er.

Die würden ganz schön blöd gucken!

Tony holte tief Luft, dann hob er Nick hoch, nahm ihn nach Tarzan-Manier auf den Arm und schleppte ihn vor die Tür. "Aufmachen!" befahl er in forschem Ton.

Ein paar Sekunden verstrichen.

"Aufmachen, verdammt!"

Wenn die nicht bald kommen, muß ich Nick noch mal absetzen, und ich wollte ihn doch so in aufrechter Haltung reintragen. Wenn der verdammte Hund nur nicht so schwer wäre.
Das Schloß knarrte, die Tür öffnete sich einen Spalt. Charlie lugte ängstlich hervor. "Mensch!" rief er erstaunt und ließ Tony rein.
Mit ernster Miene schritt Tony auf den nächsten Stuhl zu.
Er genoß die blöden Gesichter, die ihn anstarrten.
"Was guckt ihr so? Wascht ihm lieber das Gesicht, seht ihr nicht, daß er dreckig ist?" sagte Tony und bemühte sich um eine feste Stimme. Man sollte ihm schließlich nicht anmerken, daß er außer Atem war. Bob und die anderen Gäste waren aufgestanden und drängten sich um Tony und Nick.

"Emmy! Ein Waschlappen! Wasch dem Nick mal

das Gesicht!" rief Charlie, der sich selbst davor ekelte, Nick den Dreck abzuwaschen. Tony ging zur Theke und suchte sich aus den halbvollen Gläsern eins raus.

"Prost!" rief er laut und machte einen kräftigen Schluck. Während Emmy angewidert Nicks Gesicht wusch und ihr übel wurde, ließ Tony sich am Tresen bewundern und riß ein paar Zoten. Die Männer lachten viehisch, obwohl sie die Gags längst kannten.

Tony war endlich im Mittelpunkt. Er kostete es aus. Während er ein Bier nach dem anderen spendiert bekam, überlegte er, ob er es sich leisten könnte, eine Lokalrunde zu schmeißen. Er kam zu der Überzeugung, daß er es nicht konnte, und anschreiben lassen wollte er nicht, sowas macht sich nicht gut für einen Helden des Tages.

Sogar die Frau, die sich vorher übergeben hatte, gesellte sich zu ihm. Sie war so Mitte vierzig und mußte hier irgendwo zu Besuch sein, denn Tony kannte sie nicht. Sie erzählte, daß sie eigentlich längst zu Hause sein wollte, und daß sie Angst hätte wegen der Fliegen. Natürlich erklärte Tony sich sofort bereit, sie nach Hause zu bringen. Vorher wollten sie aber noch einen zusammen bechern. Tony bestellte zwei Aufgesetzte.

Nick kam durch das kalte Wasser langsam zu sich. Er machte große Augen und betastete sein Zeug. Dann begann er zu schreien: "Mein Anzug ist ja ganz aufgefressen! Mein Anzug!"

Tatsächlich war sein Anzug angefressen.

Sie schütteten ein Bierglas halb voll Schnaps und zwangen ihn, das Zeug herunterzuwürgen. Er war Minuten später wieder stockbesoffen. Das hinderte ihn nicht zu erzählen, was ihm passiert war. Er ging allen auf die Nerven.

Was er erzählte war ungeheuerlich.

"Vielleicht sollten wir lieber einen Arzt rufen?" fragte Emmy, die durch die Ereignisse eingeschüchtert war.
"Ja, rufen wir Dr. Mauts!" entschied Charlie und ging zum Telefon. Nervös wählte er mehrmals die Nummer von Dr. Mauts.
"Was ist denn los?" fragte seine Frau, die seinem Gesicht ansah, daß etwas nicht stimmte.
"Der Apparat ist tot", fluchte Charlie.

Langsam wurde den Anwesenden die Situation unheimlich. Immer öfter gingen die Blicke zur Decke, wo sich die Fliegen zu einem drohenden Haufen gesammelt hatten.

"Wie sollen wir denn hier rauskommen? Wir sitzen doch fest! Niemand kann uns helfen!"
"Blödsinn!" lachte Tony. "Niemand sitzt hier fest. Jeder kann heimgehen, wann er will. Die Fliegen tun keinem was zuleide, ihr habt bloß alle die Hosen voll, das ist es!"
Tony ließ sein Glas stehen, nahm die Frau in den

Arm und sagte zu ihr: “Komm, wir gehen! Bei den Scheißern hier halte ich es nicht länger aus.”

Sie drückte sich an ihn und verließ mit ihm die Kneipe. Tony bemühte sich, sie möglichst festzuhalten. Schließlich sollte sie wissen, daß sie es mit einem Mann zu tun hatte! Er hätte ihr Sohn sein können, aber gerade das gab ihm ein besonders befriedigendes Gefühl, wenn er merkte, daß sie Angst hatte und bei ihm Schutz suchte.

Der große Fliegenschwarm mußte sich verzogen haben, denn nur ein paar der lästigen Tiere schwirrten in der Luft herum. Das machte Tony noch sicherer.
Die Luf ging tiefer in seine Lungen. Er hatte bald das Gefühl, die Fliegen vertrieben zu haben.

“Wie heißt du eigentlich?” fragte er die Frau in seinen Armen.
“Lisa”, sagte sie, und er hatte irgendwie das Gefühl, belogen zu werden.
“So so, Lisa . . . .”, murmelte er.
Stumm gingen sie weiter über die dunkle Landstraße.

Plötzlich blieb Tony stehen und versuchte, sie zu küssen. Zwar öffnete sie ihm bereitwillig die Lippen, doch er fühlte, daß sie sich gegen diesen Kuß sträubte. Er glaubte, unter ihrer Bluse eine Gänsehaut zu spüren.

“Komm, laß uns weiter! Mir ist unheimlich hier”, flüsterte Lisa.
“Nun zerr’ mich doch nicht so, wir haben doch Zeit, und der Abend ist wunderbar.”
“Mir ist es schwül. Außerdem habe ich Angst. Komm!”
Tony spürte eine seltsame Genugtuung, als er Lisas zitterige Stimme hörte.
“Hast du schon mal im Freien gebumst?” fragte Tony herausfordernd.

Die Frau, die vorgab, Lisa zu heißen, schluckte. Es machte Tony Spaß, zuzusehen, wie sie nach einer Antwort suchte.

“Dazu bin ich doch wohl nicht mehr jung genug!” sagte sie mit verkrampften Lächeln.
Tony lachte.
“Dahinten wohne ich!” rief Tony stolz und zeigte Lisa ein Häuschen. Knapp hundert Meter entfernt.
“Bringst du mich denn nicht nach Hause?”

Als Antwort zog er sie näher an sich.

Plötzlich schien sich die Luft zu bewegen. Ein Brummen aus hundert Motoren wurde laut. Lisa kreischte. Tony sah eine gewaltige Lawine die Straße herunterrollen.
“Sie kommen direkt auf uns zu!” schrie er.
Lisa warf sich auf den Boden. Tony jedoch, von Panik ergriffen, rannte wie ein Irrer los.

“Warte! Warte doch auf mich!” brüllte Lisa, doch Tony sah sich nicht um. Lisa sprang auf und rannte, was sie konnte. Einmal, kurz vor dem Haus, wäre sie beinahe noch gestürzt, aber panische Angst jagte sie weiter.
“Ich werd’ wahnsinnig! Ich halte das nicht aus!” Tony suchte in seiner Tasche nach den Schlüsseln. Seine Hände zitterten so sehr, daß er Mühe hatte, die Tür zu öffnen.
Der Schlüssel drehte sich im Schloß.

Lisa stieß die Tür auf und warf sich in den Flur, Tony knallte die Tür hinter sich zu. Erschöpft lehnte er sich gegen die weißgekälkte Flurwand.
Behalte jetzt nur die Nerven! dachte er.
Lisa lag vor ihm auf dem Boden. Ihre Haare standen hoch.

Das Brummen war überall. Die Fliegen klatschten in der Dunkelheit gegen die Fensterscheiben. Plötzlich stieß Tony einen spitzen Schrei aus und stürmte zur Küche. Dort stand ein Fenster offen. Doch als Tony die Tür zur Küche öffnen wollte, schwirrten ihm die Fliegen schon entgegen. Tony schlug die Tür wieder zu.

“Sie sind schon in der Küche!” rief er Lisa zu.
Lisa antwortete nicht.
Sie hatte das Gefühl, aus Holz zu sein.

Tonys Gedanken rasten.

. . . . Die Küchentür kann man nicht abriegeln . . .

Der kleinste Windstoß kann sie öffnen . . . ich kann die Tür nicht immer zuhalten.

Er spürte, wie ihm die Schweißperlen am Körper herunterrannen. Das frisch gestärkte Hemd klebte an seiner Haut.
"Lisa! Bring mir einen Stuhl! Einen Stuhl - oder Sessel - irgendwas . . . . Lisa, Lisa!"
Lisa hörte nichts. Gebannt, unfähig sich zu bewegen, starrte sie auf Tony.
Noch einmal schrie er: "Lisa! Einen Stuhl!" Dann gab er das Rufen auf. Er versuchte, sich mit den Füßen einen Stuhl aus dem Wohnzimmer zu angeln, während er mit den Händen krampfhaft die Tür zuhielt. Vergeblich. Wie er sich auch reckte, er war zu kurz.

In der Küche fiel etwas um. Er hörte es laut poltern. "Das ist doch nicht möglich, das war die Bratpfanne. Oder die Blumenvase. Wie viele sind das denn, verdammt!"
"Lisa! Lisa! Verdammt, antworte!"
Endlich holten Tonys Schreie Lisa aus ihrer Apathie. Sie kam.

"Einen Stuhl! Schnell!"
Lisa schnappte sich einen Stuhl aus dem Wohnzimmer und stellte ihn unter die Türklinke.
Tony wischte sich den Schweiß ab. "Verdammt, die Biester sind schon in der Bude."
"Wir müssen die Tür verrammeln. Wer weiß, wieviel Kraft die Biester haben?"
Tony holte einen kleinen Tisch aus dem Wohnzim-

mer und drückte ihn gegen die Tür. "So, das dürfte halten."
"Laß uns die Polizei rufen."
"Polizei?"
"Ja, Polizei oder Feuerwehr oder was. Irgendwer muß uns doch hier raushelfen."
"Ich habe kein Telefon", sagte Tony lakonisch und drehte sich um. Er ging ins Wohnzimmer.

Langsam folgte sie ihm.

"Hast du was?"
"Ich?"
"Ja du."

"Was soll ich denn haben?"

Nach einer kurzen Pause sagte er dann: "Am besten, wir schließen uns im Wohnzimmer ein. Wer weiß, was noch passiert. Hier sind wir sicher."
"Willst du hier übernachten?"
"Willst du etwa raus zu den Fliegen?"

Lisa glaubte, ein Grinsen auf seinen Lippen zu sehen. Irgendwie hatte sie Angst vor dem Kerl, aber noch mehr fürchtete sie sich vor den Fliegen.

"Wollen wir denn einfach so hier sitzen, und gar nichts unternehmen?"
Wortlos ging Tony zum Schrank und öffnete zwei Türen. Eine breite Bar wurde sichtbar.
"Für jeden Geschmack das richtige", sagte er und machte eine besitzergreifende Geste.

Lisa lief eine Gänsehaut den Rücken herunter. Am Fenster klebten tote Fliegen. Sie schüttelte sich. Unzählige Augen sahen durch das Fenster in den Raum. Wir dürfen kein Licht machen, dachte Lisa, und ihr wurde immer unheimlicher zumute.
Tony füllte zwei Gläser. Er stellte sie auf den Boden vor die Couch, dann warf er sich einladend in die Polster.

"Setz dich!"
Lisa gehorchte widerwillig.
"Trink einen Schluck!" forderte Tony und legte seinen Arm um Lisa. Sie zitterte.
"Ist dir kalt?"
Lisa schwieg.
"Ich habe gefragt, ob dir kalt ist!" schrie Tony ungehalten.

Lisa wußte, woran sie war. Tony hatte keinesfalls die Absicht, den Kavalier zu spielen. Er nahm ihre abstehenden Haare zwischen die Fingerspitzen und küßte sie.
Ein Schauer durchfuhr Lisa. Ich sitze in einer Falle, dachte sie, ich kann nicht raus, ich bin in seiner Gewalt.
Seine Finger spielten an den Knöpfen ihrer Bluse und sein Django-Gesicht, das er längst verloren hatte, kehrte als Marquis-de-Sade-Visage wieder.
Die beiden sprachen kein Wort. Die Knöpfe der Bluse sprangen fast von allein auf. Tony ließ sich Zeit. Er war sich seiner Sache ganz sicher. Schon spürte er weißes Fleisch.

"Sie wollen die Situation also ausnutzen?" fragte

Lisa und setzte sich anders hin.
Ein wenig erschrocken, doch lächelnd legte Tony sich in die Polster zurück und spottete: "Aber Madame . . ."
Lisa bemühte sich zu lächeln. Verzweifelt suchte sie nach einem Gesprächsthema. Schließlich mußte sie ihn irgendwie hinhalten.
Tony reagierte auf nichts. Er trank aus seinem Glas und blickte still vor sich hin.
Er will mich weichmachen, dachte Lisa. Ganz klar, er will mich weichmachen.

2. Kapitel

Als Tony wach wurde, war Lisa verschwunden.

Verdammt, ich muß eingeschlafen sein, dachte Tony. Er rief nach Lisa, doch er erhielt keine Antwort. Er sah aus dem Fenster. Es regnete.
Von den Fliegen war nichts mehr zu sehen, nur ein paar Flecken an der Fensterscheibe erinnerten noch an die Vorkommnisse der letzten Nacht.

Tony zog die Gardine zur Seite. Er sah sein Spiegelbild in der Scheibe. Er war nackt.
Es reizte ihn, so - ganz nackt - am Fenster zu stehen. Er sah auf die Wohnzimmeruhr. Zehn vor acht.
Gleich kommen die beiden Kleinen von nebenan. Die müssen doch bestimmt zur Schule - um diese Zeit, dachte Tony.

Aber er irrte sich, keine Mutter schickte an diesem Morgen ihr Kind zur Schule. Es ging auch niemand zur Arbeit. Das Leben im Dorf lag lahm. Die Furcht vor den Fliegen hielt die Menschen in ihren Häusern.

Wo mögen die Fliegen bloß geblieben sein? dachte Tony. Er gähnte. Sollte er sich anziehen und Lisa suchen gehen, oder mußte er froh sein, daß er sie nach dieser Nacht so problemlos losgeworden war?

“Diese älteren Semester können verdammt anhänglich werden, wenn ich da so an die Dicke vom letzten Jahr denke”, murmelte Tony.

Radionachrichten:
In der letzten Nacht sollen in einem zur Zeit noch geheimgehaltenen Dorf in der Bundesrepublik ungeheure Schwärme einer bisher unbekannten Fliegenart gesehen worden sein. Nach Ansicht führender Biologen soll es sich um eine für den Menschen ungefährliche Fliegenart handeln, die sich durch die zur Zeit anhaltende Hitzewelle ungewöhnlich rasch vermehrt. Die Polizei bittet die Bürger, größere Schwärme von Insekten sofort beim nächsten Polizeipräsidium zu melden.
Das Wetter:
Ein Anhalten der Hitzewelle sagte das meteorologische . . .
Mißtrauisch beobachteten die Bürgen hinter ihren Fenstern die Leute, die ins Dorf gekommen waren. Sie hatten weiße Anzüge an und trugen technische Geräte mit sich rum. An einigen Haustüren klopften sie. Nur vereinzelt öffnete man ihnen. Sie frag-

ten nach den Fliegen, die spurlos verschwunden waren.

Es gab keine Erklärung für dieses Phänomen.

Die Männer in den weißen Kitteln hatten etwas Hektisches an sich. Sie machten keine langsame Bewegung. Alle Fragen stellten sie überlaut und gleich zweimal.
Obwohl sich im Dorf alles ruhig verhielt, und nur diese verdammten weißen Kittel herumspukten, machte das Dorf einen gespannten Eindruck. Der Regen hielt an. Gegen Mittag trauten sich die ersten Leute auf die Straße.

Nick lag in seinem Bett und phantasierte. Er schlug mit den Händen nach den Fliegen. Aus seinen Mundwinkeln lief Speichel und tropfte auf das schmuddelige Bettlaken.
Nicks Frau, Eva, die er Evi nannte, wischte ihm den Speichel aus den Mundwinkeln und die Schweißperlen von seiner Stirn. Sie saß schon den ganzen Morgen bei Nick. Sie war unordentlich. Unordentlich wie ihr Nick. Sie hatte den Doktor in ihrem geflickten Nachthemd empfangen, das bis zur Hälfte geöffnet war und dachte jetzt, da die Männer in den weißen Kitteln klingelten, nicht daran, sich umzuziehen. Die Sorge um ihren Nick nahm sie voll und ganz in Anspruch.

Die beiden Typen waren ziemlich jung, fühlten sich aber wohl wie alte Hasen. Während sie ihre Fragen

stellten, fummelten sie an ihren dünnen Goldrandbrillen herum und schielten unentwegt in Evas Nachthemd.
Sie schien es gar nicht zu bemerken.
Doch als die Kerle ihr auf die Nerven gingen, sagte sie: “Wenn Sie fertig sind, können Sie mich ruhig wieder anziehen.”

“W . . . wieso?” stammelten sie fast gleichzeitig.
“Weil sie mich mit den Augen wenigstens zwanzigmal ausgezogen haben”, antwortete Eva schnippisch.
Zwei knallrote Köpfe zeigten ihr, daß ihre Antwort saß. Ihre Besucher gingen schneller, als Eva wollte, denn kaum war sie mit Nick allein, fand sie die beiden Burschen ganz nett.

Nick tobte in seinem Bett wie ein wildes Tier. Die Beruhigungsspritze schien ihre Wirkung verloren zu haben. Nick rief nach seiner Evi.
Sie tupfte ihm wieder die Schweißtropfen ab.
Wer weiß, was für eine Krankheit diese Biester haben, dachte Eva, vielleicht haben sie Nick angesteckt, und jetzt fiebert er seinem Tod entgegen. Was wird aus mir? Viel läßt er mir nicht zurück, ein Balg, die Wohnung hier, ein Sparbuch mit ein paar hundert Eiern, was sonst? Die sollen endlich was tun gegen die Fliegen. Wer weiß, wann die wiederkommen? Man ist doch seines Lebens nicht mehr sicher.

Sie sah aus dem Fenster. Die Männer versuchten eine Fliege zu fangen.

Da rennen die einer Fliege nach, die sich hier irgendwo verirrt hat. Gestern waren Millionen da, dachte Eva. Sie fand die Situation lächerlich.

Sie gab Nick Schlaftabletten, damit er nicht so tobte, und wartete dann, bis er schlief.

Ich bin völlig durchgeschwitzt. Ich werde brausen gehen, überlegte sie und zog ihr Nachthemd aus. Es roch nach Schweiß.
Sie ging ins Bad. Selbst aus dem Kaltwasserhahn kam lauwarmes Wasser. Am liebsten wäre Eva nackt in den Kühlschrank gestiegen. Das Wasser perlte an ihr herunter.
Ein dicker Brummer schwirrte durchs Zimmer. Die Fliegen vor ein paar Stunden waren viel kleiner. Doch irgendwie ekelte Eva sich vor dem Tier. Sie wich ihm entsetzt aus, wenn es in ihre Nähe kam.
Je länger sie das Tier beobachtete, desto mehr Abscheu kroch in ihr hoch. Sie schäumte sich nur flüchtig ein. Sie wollte das Badezimmer so schnell wie möglich verlassen. Sie nahm das Badehandtuch und begann, die Fliege im Auge behaltend, sich abzutrocknen, doch dann kam ihr der Brummer ungewollt zu nahe, sie schrie los, nahm das Handtuch, schlug nach dem Tier, fegte die Zahnputzgläser vom Brett, rutschte aus und schlug mit dem Kopf gegen die Fliesen.

Tony, der Nick besuchen wollte, um seinen neuerworbenen Ruhm zu genießen und über sein Erlebnis mit Lisa zu berichten, fand Eva, nachdem er durch das angelehnte Küchenfenster gestiegen war,

tot im Bad. Als die Polizei, die er kurze Zeit später verständigte, eintraf, war er sich seiner Lage noch nicht bewußt.
“Sie sind also durch das Küchenfenster eingestiegen, weil Sie ihren Freund besuchen wollten, der hier im Fieber liegt?” fragte der Kommissar, für den schon feststand, daß Tony der Mörder war.
“Ja, ja, ich wollte meinen Freund besuchen”, stammelte Tony von der Tonart des Kommissars verwirrt.
“Im Badezimmer hat eindeutig ein Kampf stattgefunden.”
“Ein Kampf . . .?”
“Ja, ein Kampf! Die Zahnputzgläser sind dabei vom Regal gestoßen worden. Bei diesem Kampf wurde Frau Eva Kück durch einen Schlag auf den Kopf getötet.”
“Sie kann auch beim Fallen aufgeschlagen sein, auf den Fliesen befinden sich Blut und Haare”, warf ein eifriger Beamter ein.
“Natürlich befindet sich Blut auf den Fliesen. Unterbrechen Sie mich nicht - verdammt noch mal!”
“Aber ich wollte Sie doch nur darauf hinweisen, daß . . .”

“Schnauze!” brüllte der Kommissar und wischte sich wieder mit seinem schmutzigen Taschentuch den Schweiß vom Gesicht.

Der wütende Beamte machte Tony Angst.
Die wollen dir den Mord anhängen! Du hast kein Alibi! Bloß weg hier, dachte er.

Der Kommissar kramte seine Zigaretten aus der Tasche. Die Leute von der Spurensicherung arbeiteten im Badezimmer. Das war Tonys Chance. Er stieß dem Kommissar mit dem Knie gegen den Unterleib und rannte los. Der Kommissar brüllte. Er krümmte sich und fiel auf den Boden. Die anderen Beamten kamen aus dem Badezimmer. Tony hechtete aus dem Fenster. Zwei Beamte liefen hinter ihm her.

Ihr kriegt mich nicht! Ihr nicht! dachte Tony und rannte mit großen Schritten davon.

Hinter ihm krachte ein Schuß.

"Stehenbleiben! Stehenbleiben! Wir schießen!"

Das können die doch nicht machen! Die müssen doch in die Luft schießen, die dürfen doch nicht ... Tonys Gedanken wurden von einem stechenden Schmerz unterbrochen.
Tony stolperte, doch er lief weiter. Die Landschaft begann vor seinen Augen zu schwimmen. Alles geriet in Bewegung. Dichte Nebelschwaden zogen vor Tony auf. Gelbe und grüne Punkte unterbrachen den Nebel. Von fern hörte er eine Stimme.
"Ich habe ihn erwischt."
Dann krachte noch ein Schuß.
Tony sah nichts mehr. Er stürzte auf die Knie, noch einen Moment hielt er seinen Oberkörper aufrecht, versuchte, sich irgendwo festzuhalten, doch er griff ins Leere. Hart schlug sein Oberkörper auf die Straße.
In Tonys Kopf explodierte etwas.

3. Kapitel

"Wir können uns nicht leisten, daß andere Zeitungen schneller sind. Wir brauchen für die nächste Ausgabe einen Exklusiv-Artikel über die Fliegenflut. Ein paar gute Fotos . . . Sie wissen schon! Ich bringe die Sache auf die Titelseite. Das erhöht unsere Auflage um einige 10 000 Exemplare. Wir müssen den Bericht als erste bringen - klar?"
"Aber Chef . . . was soll ich denn machen? Bei der Polizei keine Auskunft. Das Ministerium gibt vor, selbst nicht zu wissen, wo alles passiert ist. Außerdem haben alle Zeitungen die Anweisung bekommen, nach Möglichkeit nichts zu veröffentlichen, um keine Panik in der Bevölkerung . . ."
"Ich will spätestens morgen um neun den Artikel!"
"Aber Chef . . . Nun lassen sie mich doch nicht so stehen!"
"Sind Sie Journalist oder was! Sehen Sie zu, wie Sie an den Artikel kommen. Nehmen Sie Harriet mit!"
Die Tür knallte zu.

Da stand er jetzt, 32 Jahre alt, seit sechs Jahren Journalist, Vater von zwei Kindern, besaß eine Vierzimmerwohnung für 450 DM Miete und mußte nun eine Story über die Fliegenflut verfassen oder sich einen neuen Job suchen. Harriet sollte ihm helfen.
Harriet! Ausgerechnet Harriet, die erst seit zwei Jahren in Deutschland war. Eine amerikanische Journalistin in Deutschland. So ein Blödsinn, sollte

sie doch bleiben, wo sie hergekommen war, dachte er. Er rief sie.
Er hatte die Angewohnheit, alle Leute, die ihm unterstellt waren, zu duzen. Als Harriet hereinkam, bemerkte sie gleich, daß Detlef Schmidt schlecht gelaunt war.
Er erklärte ihr gereizt, daß sie den Auftrag hatten, das Dorf zu finden, in dem die Fliegen aufgetaucht waren. Ein paar Fotos, Interviews mit Betroffenen . . . Harriet konnte sich nichts Schlimmeres vorstellen als mit Schmidt zusammenzuarbeiten, aber es mußte wohl so sein.
"Also, wie fangen wir an?" fragte Harriet mißmutig.
"Setz dich, ich diktiere dir ein paar Adressen, wo du mal nachfragst."
Harriet setzte sich auf einen Hocker, nahm einen Block vom Tisch, schlug die Beine übereinander und sagte: "Wir können anfangen."

"Es sieht böse aus", sagte der Arzt, der Tony operiert hatte.
"Wird er durchkommen?"
Die Antwort war ein Schulterzucken. "Er ist nicht gerade kräftig gebaut."
"Daß die auch immer gleich knallen müssen. Der hier hatte doch gar keinen Revolver dabei oder?"
"Soviel ich weiß, war er unbewaffnet."
"Schöne Scheiße, wird bestimmt Ärger geben, wenn er abkratzt."
"Aber wir können jetzt nichts tun - nur abwarten. Eine Schwester soll bei ihm bleiben."

“Selbstverständlich.”
“Er bekommt ein Einzelzimmer.”
“Das wird gar nicht so einfach sein. Wir sind überfüllt. Wenn das so weitergeht, müssen die Patienten bald im Flur liegen.”
“Gehen wir im Kasino essen?”
“Ja, gerne, das Kasino müßte auch mal wieder renoviert werden.”

Der sechste Anruf war ein Erfolg, ein alter Kollege vom Gesundheitsministerium gab diskret Auskunft.

“Ja, wir haben einen Trupp losgeschickt, man weiß ja nie, was diese Biester so an sich haben. Aber ich darf dir gar nicht sagen, wo es ist . . . Was meinst du, wieviel Journalisten hier schon angerufen haben? Summen sind da genannt worden, da stehen dir die Haare zu Berge.”
“Wieviel willst du?” fragte Detlef Schmidt. Er wußte, daß hier nur Geld zählte.
“Na ja, wenn du mich so direkt fragst, ich würde sagen, zwanzigtausend wäre nicht zuviel. . .schließlich riskiere ich meinen Job . . . Wenn die Sache hochgeht.”
“Zwanzigtausend? Du spinnst wohl!”
“Na, wenn du nicht willst, ich wollte dir nur einen Gefallen tun, aber du kannst es mal woanders versuchen. Wenn einer billiger ist, kannst du ja auf mich verzichten.”
“Ich muß erst mit meinem Boß sprechen, dann ruf ich dich wieder an.”
“Tu das.”

Etwa 30 Minuten später hatte Detlef die Angaben, die er brauchte. Harriet holte den Wagen aus der Garage. Jetzt hieß es, Gas geben. Sie mußten den Bericht als erste bringen. Schmidt sah schon seine Gehaltserhöhung.

Harriet überlegte, ob sie den Artikel schreiben könnte, oder ob Schmidt ihn ihr wegschnappen würde. Aber die Fotos, die Fotos würde sie machen. Vielleicht kämen sie auf die Titelseite. Bestimmt sogar.

“Das ist die Chance meines Lebens!” sagte Schmidt und legte den vierten Gang ein.
“Unseres Lebens!” verbesserte Harriet. Sie bastelte bereits an einer Schlagzeile.

Schon einen Kilometer vor dem Dorf sahen sie aus dem Auto einige Wissenschaftler in den nassen Wiesen nach Fliegen suchen. Harriet knipste. Man konnte nie wissen.

Schmidt steuerte den Wagen quer über die Wiese auf die Wissenschaftler zu.

“Lassen Sie sich bloß nicht anmerken, daß Sie von der Presse sind!” sagte Harriet.
“Danke für die Belehrung”, brummte Schmidt.

“He! Sind Sie wahnsinnig geworden? Sie können hier doch nicht einfach querfeldein . . .”

“Regen Sie sich ab, junger Mann. Was ist hier

eigentlich los?"
"Geht Sie nichts an. Verschwinden Sie, Sie stören unsere Arbeit."
"Was arbeiten Sie denn hier?"
"Sie hätten Nervensäge werden sollen! Sind Sie Journalist oder was? Verschwinden Sie! Sie sind nicht von hier. Was haben Sie in dem Dorf zu suchen?"
"Schon gut! Schon gut!" beruhigte Schmidt den Mann im weißen Kittel.
"Hier hat es wohl wenig Sinn. Besser, wir versuchen es mal im Dorf", meinte Harriet.

Ausnahmsweise hörte Schmidt auf den Rat eines Nichtvorgesetzten. Die Männer, die bis zu den Knien in der feuchten Wiese standen und unter der Hitze litten, schimpften noch lange hinter den beiden her.

"Vielleicht sollten wir lieber mal den Müllplatz untersuchen?" fragte Johannes, der das Suchen nach Fliegen leid war.
"Quatsch - Müllplatz! Wir gehen systematisch vor, ist das klar?" schrie ihn der Einsatzleiter an.

Johannes zog es vor zu schweigen.

Seit er von der Uni zu diesem idiotischen Institut kam, war er dort Karl Arsch. Jeder sprang mit ihm rum, als sei er ein dummer Junge. Johannes hatte es langsam satt, aber was sollte er sonst machen? Als Biologielehrer an eine Penne gehen? Nein, das

war auch nicht das Wahre für ihn. Er hatte einmal davon geträumt, ein berühmter Forscher zu werden, jetzt suchte er Fliegen in einer matschnassen Wiese. In seinen Schuhen stand das Wasser. Trotzdem trieb ihm die Hitze Schweißperlen auf die Stirn.
So ein Blödsinn, jetzt hier Fliegen zu suchen, dachte er. Innerlich kochte er vor Wut. Er überlegte, ob er den Kram nicht einfach hinschmeißen sollte. Er hatte ein bißchen Gespartes. Für ein paar Monate würde es reichen, aber was dann? Zu dem so ersehnten Ruhm und der damit verbundenen Unabhängigkeit fehlte ihm so ziemlich alles. Er hatte mal versucht, ein paar wissenschaftliche Artikel in einer Fachzeitschrift unterzubringen, aber nicht mal das war ihm gelungen. Trotz Studium und Examen war er immer eine Null geblieben, sein gutes Aussehen und seine Erfolge bei Frauen täuschten zwar oft darüber hinweg, aber wer ihn näher kannte, für den war er eben eine Null.

"Was ist los mit Ihnen?" Sind Sie krank Herr Sud oder was?" schrie der Einsatzleiter quer über die Wiese.
Johannes antwortete nicht. Tatsächlich schwankte er. War es die Hitze? Schwarze Punkte näherten sich ihm und verschwanden wieder, sobald sie greifbar nah erschienen. Johannes ließ sich ins Gras fallen und atmete tief durch. Er dachte seltsamerweise ganz klar. Der Einsatzleiter kam auf ihn zu. Flucht in die Krankheit hätte Johannes ehemaliger Professor das genannt. Bei dem Gedanken mußte

Johannes grinsen.
Übergroß erschien das Gesicht des Einsatzleiters vor ihm. “Können Sie die Sonne nicht vertragen? Soll ich Sie zum Institut zurückfahren?”
Plötzlich kam die Situation Johannes sehr lächerlich vor. Er stand auf, sagte: “Ach lecken Sie mich doch am Arsch!” und ging ohne sich noch einmal umzudrehen.
“Ja, das gibt es doch gar nicht! Das habe ich ja noch nie erlebt, was bildet der sich denn ein, ich werde eine Aktennotiz machen! Hören Sie? Eine Aktennotiz! So geht es ja nicht. So nicht.”
Johannes hörte den Einsatzleiter hinter sich schimpfen. Auf der Straße angekommen, zog er seine Schuhe aus und schüttete das Wasser raus. Verständnislos beobachtete der Einsatzleiter ihn.
Blödes Arschloch, dachte Johannes und zog auch noch seine Strümpfe aus, dann ging er barfuß weiter, Schuhe und Socken trug er lässig neben sich her.
Er kam sich sehr groß vor und sehr tapfer, wie es weitergehen sollte, wußte er aber noch nicht. Er wollte erstmal ins Schwimmbad - kaltes Wasser und ein Eis.

4. Kapitel

“Ob wir es mal in der Kneipe versuchen?”
“Wird das beste sein. Ich hoffe, daß man da einige Leute aushorchen kann. Sonst müssen wir noch von Tür zu Tür gehen.”

Schmidt parkte den Wagen etwa fünfzig Meter vor der Gaststätte. Er wollte nicht, daß wieder alle an seinem Nummernschild bemerkten, woher er kam. Manchmal dachte Schmidt eben nur sehr oberflächlich nach, denn in einem Dorf wie diesem kannte jeder jeden und wußte genau, daß er und Harriet nicht von hier waren.

Schlechtgelaunt ging Schmidt in die Kneipe. Außer zwei Betrunkenen war dort nur der Wirt anzutreffen.

Harriet setzte sich erst mal. Schmidt ging sofort zur Theke. Generalangriff.

"Zwei Bier. Aber bitte ohne Fliegen."

Charlies kleine Augen funkelten. Schmidt hatte seine wunde Stelle sofort getroffen. Die Fliegen machten Charlie das Geschäft kaputt.
"In meinem Restaurant gibt es keine Fliegen! Und wenn Ihnen das Bier nicht schmeckt, müssen Sie es eben woanders trinken!" Das habe ich in den letzten Tagen mindestens zwanzigmal gesagt, dachte Charlie.

"Seit wann sind die Scheißbiester denn hier?" fragte Schmidt, durch die Abfuhr vorsichtiger geworden. Charlie hielt ein Bierglas unter den Hahn und fauchte: "Seit wann sind die schon hier? Weiß ich doch nicht. Woher soll ich das wissen? Lassen Sie mich in Ruhe mit ihren verdammten Fragen.

Stellen Sie die jemand anderem. Aber lassen Sie meine Gäste in Ruhe, damit mir die nicht auch noch weglaufen. Wer sind Sie überhaupt?"
Entmutigt fragte Schmidt: "Bekomme ich nun mein Bier?"
"Immer mit der Ruhe!"

Die Gläser brachte Schmidt selbst an den Tisch.

Harriet pustete ihm den Zigarettenqualm entgegen und maulte: "Idiotisch, bei der Hitze Bier zu trinken. Einfach idiotisch. Nach zwei Gläsern haben Sie einen Kopfschuß, und dann?"
"Kümmer' dich um deine Sachen. Wenn du kein Bier trinkst, bestell dir gefälligst was anderes!" schnauzte Schmidt.

Harriet machte es sich auf ihrem Stuhl bequem. Sie genoß die Niederlage, die Detlef Schmidt eben hinnehmen mußte.

Er goß sich das Bier in den unrasierten Hals.

"Die Leute hier meinen gleich, man will ihnen was. Die Stimmung hier ist ungeheuer gereizt. Nervös. Als hätte sich soeben ein Unwetter angemeldet. Hoffentlich brauchen wir nicht lange hierbleiben!" klagte Schmidt.

Die beiden Betrunkenen unterhielten sich laut. Eigentlich störte das, doch plötzlich wurde ihr Thema für die beiden Journalisten interessant.

“Meine Kinder haben geschrien wie am Spieß, als plötzlich die Viecher durchs Fenster kamen.”
“War bei mir auch so. Bei der Hitze schläft doch keiner mit geschlossenen Fenster. Direkt ins Bett sind die Biester mir geflogen. Meine Frau hat einen Ohnmachtsanfall gekriegt. Ich habe die Fliegen mit dem Bettzeug erschlagen. Alles unbrauchbar geworden. Stank und sah eklig aus - nach Fliegenblut und -scheiße. Die Bilologen haben es schon abgeholt. Die können das alles gebrauchen.”
“Biologen”, verbesserte der andere.
“Wie?”
“Biologen!”
“Na und?”

Für Schmidt und seine Mitarbeiterin war das Gespräch recht aufschlußreich. Sie befürchteten, daß die Zecher jetzt das Thema wechseln könnten. Sie entschlossen sich die beiden zu einem Glas einzuladen. Das heißt, Schmidt entschloß sich dazu. Harriet knöpfte sich die Bluse ein paar Zentimeter weiter auf und fächelte sich Luft mit einem Bierdeckel zu.

Schmidt stand auf und ging zu den Betrunkenen. Sie waren so knapp 40. Nachlässig angezogen. Einer hatte sein Oberhemd ausgezogen und stand in seinem dreckigen Unterhemd, das ihm obendrein noch aus der Hose hing, an der Theke. Der andere sah auch nicht besser aus. Wenn er auch vielleicht nicht so schmutzig war.

“Wollen Sie sich nicht auf ein Glas zu uns setzen?

Meine Frau und ich laden Sie gerne ein."
"Ist die da ihre Frau?" fragte der ohne Oberhemd.
"Ja!" log Detlef Schmidt und wölbte stolz seine Brust. Er gab gerne mit Frauen an.

Der Betrunkene pfiff durch die Zähne.

"Natürlich setzen wir uns zu Ihnen. Nicht wahr, Heino?"
"Aber klar."
"Heißt Ihr Freund Heino?" begann Schmidt das Gespräch mit dem, den er für den Nüchternsten hielt.
"Ja, der Heino kann nämlich singen wie Heino. Nicht wahr - Charlie?"
"Ja, ja", brummte Charlie.

Heino glaubte sofort eine Kostprobe geben zu müssen. "In der Kneipe der Siniora saßen wir in froher Runde, tranken Whisky! WH! WH! Whisky!"
"Schon gut, schon gut! Geh uns nicht auf den Nerv! Die Hitze ist schon schlimm genug."
"Charlie! Bier. Zwei - drei Glas."
"Drei Bier, okay!"
"Sagen Sie mal, was haben Sie da vorhin von den Fliegen erzählt! In Ihr Schlafzimmer sind die geflogen?"
"Ja. In mein Schlafzimmer. Meine Frau hat einen Ohnmachtsanfall gekriegt. Liegt jetzt noch im Bett. Jammert mir was vor."

Warum sind Sie dann nicht zu Hause bei Ihrer Frau? fragte Harriet.

"Weil Weiber auch mal alleine sein müssen. Und weil ich mir nicht den ganzen Tag die Ohren vollheulen lasse. Klar!" schimpfte der Betrunkene, dem die Provokation der Frage wohl aufgefallen war.
"Das gehört ja auch gar nicht hierhin!" lenkte Schmidt ein und funkelte Harriet böse an. Im selben Augenblick bemerkte Harriet, daß der sogenannte Heino unter dem Tisch nach ihren Knien fingerte. Um einer Auseinandersetzung aus dem Weg zu gehen, nahm sie Ihre Tasche, kramte nach einem Erfrischungstuch, stand dann auf und sagte:
"Ich geh mich frischmachen. Wo, bitte, sind die Toiletten?"
"Da!" sagte Charlie und zeigte auf eine schwarz gestrichene Tür.

Harriet war froh, die Menschen einen Augenblick los zu sein. Mit schnellen Schritten ging sie auf die Tür zu. Es war nicht leicht, sie zu öffnen. Hinter sich hörte Harriet ein paar anzügliche Bemerkungen, über die Schmidt übertrieben lachte. Harriet knallte die Tür zu. Sie konnte diesen ekelhaften Detlef Schmidt nicht länger sehen.

Das Waschbecken war verstopft. Tote Fliegen schwammen in dem schmutzigen Wasser herum. Angewidert blieb Harriet stehen. Waschen konnte sie sich wohl kaum. Aber sie wollte sich wenigstens mit dem Tuch frischmachen.

Harriet öffnete die Tür zur Kneipe einen Spalt. Hier in dem Waschraum - falls man diesen Saustall so nennen konnte - war eine Luft zum Ersticken. Harriet knöpfte ihre Bluse auf, zog sie aus und suchte einen sauberen Flecken, auf den sie die Bluse legen konnte. Aber hier gab es keinen sauberen Platz. Harriet riß die Hülle des Erfrischungstuches auf und fingerte nach dem Tuch. Sie kühlte sich damit unter den Armen. Da sah sie, daß Charlie von der Theke aus durch den Türspalt in die Toiletten schielte. Wütend schlug sie die Tür zu.

“Ihr verdammten Kerle!” fluchte sie.
Sie fühlte sich schrecklich unwohl in ihrer Haut.

Plötzlich entdeckte sie einen Schwarm Fliegen. Aber da war es schon zu spät. Sie waren höchstens einen Meter von Harriet entfernt. Langsam krochen sie über die Erde wie ein Ameisenhaufen, der sich fortbewegt. Harriet war wie versteinert. Warum krochen die Fliegen? Sie hatte weiße Stellen auf den Flügeln.

Wie Schimmel. Ja, wie Schimmel, dachte Harriet.

Zwei Fliegen lösten sich aus dem kriechenden Klumpen und flogen taumelnd durch die Luft. Sie flogen, als wären Sie betrunken. Sie landeten auf Harriets Rock.

“Bleib ruhig, Mädchen”, sagte Harriet sich, obwohl sie einer Ohnmacht nahe war. “Wenn du jetzt wegrennst oder schreist, fliegen sie womöglich alle los und greifen dich an. Besser, du gehst langsam zur Tür. Ganz langsam."

Ihre Beine waren wie aus Blei gegossen. Nur mühsam bewegte sich ein Bein nach hinten. Wieder lösten sich mehrere Fliegen von den anderen und schwirrten durch die Luft. Sie umkreisten Harriet.

"Als ob sie mich belauern - auf einen günstigen Moment lauern . . . Oh Gott, mein Herz. Vielleicht zieht sie der Duft des Erfrischungstuches an. Ob ich es wegwerfe? Nein. Nein - ich darf mich nicht bewegen. Nur nicht bewegen."
Die zwei Fliegen auf Harriets Rock krochen höher. Harriets Augen klebten an ihnen. Sie preßte die durchgeschwitzte Bluse an sich. "Wenn sie nur meine Haut nicht berühren . . . Mein Gott, hätte ich doch die Bluse nicht ausgezogen."

Harriet erschauderte. Eine Fliege landete auf ihrem Hals. Mit zitterigen dünnen Beinen krabbelte sie auf der braungebrannten nassen Haut. Harriet wagte nicht zu atmen. Ein Schauer lief ihr den Rücken herunter bis zu den Kniekehlen.

Der sich langsam fortbewegende Fliegenhaufen wurde immer unruhiger. Einige Fliegen setzten sich auf ihren Schuhen ab. Nacheinander arbeiteten sie sich an Harriets Beinen hoch.

Harriet verlor fast den Verstand. Sie hielt es nicht mehr aus. Schreiend versuchte sie, die Fliegen auf

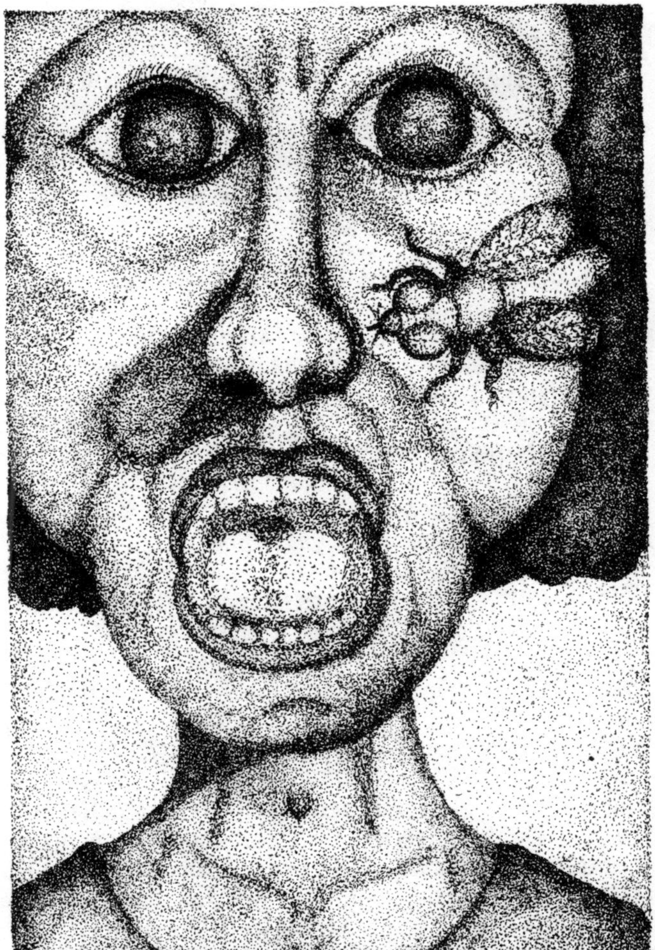

ihrem Körper zu erschlagen. Sofort löste sich der große Fliegenschwarm auf und griff Harriet an. Für einen Moment glaubte sie, man würde ihr eine Handvoll Dreck ins Gesicht schleudern, dann fiel sie in Ohnmacht.

Heino, Charlie und Detlef Schmidt stürmten herein.

“Warum schreist du? Was ist . . . .”

Wie versteinert standen die Männer da. Harriets nackter Oberkörper war übersät von kleinen, eklig schleimigen Fliegen.

Detlef Schmidt rannte raus.

“Meine Kamera! Meine Kamera!” rief er aufgeregt.

Heino und Charlie bespritzten die Fliegen mit Wasser.

“Mensch, was sollen wir denn machen? So schaffen wir das nie!”
“Decken! Wir brauchen Decken.”

Heino beeilte sich aus der Kneipe Tischtücher zu holen. Sein besoffener Kollege, der immer noch über seinem Bier hockte, begriff das alles nicht. Heino und Charlie schlugen mit den Decken auf Harriet ein. Die Fliegen verzogen sich schneller als sie erwartet hatten.

Vorsichtig trugen die beiden Harriet in die Kneipe. Sie war steif wie ein Brett. Heino legte sie auf einen Tisch. Detlef Schmidt stürmte wieder herein. Er hielt einen Fotoapparat in der Hand.

"Wie? Was ist denn? Wo sind die Fliegen geblieben? Konntet Ihr Idioten nicht einen Augenblick warten? Ihr habt ja keine Ahnung, was ihr da kaputtgemacht habt. Ihr Idioten!" brüllte Schmidt.
"He! Bist du wahnsinnig? Wir konnten sie doch nicht so liegen lassen!" maulte Heino.
"Mensch! Ich könnte dir eins in die Schnauze schlagen!"
Charlie griff ein: "Wir bringen sie am besten ins Gästezimmer. Ich rufe dann Dr. Mauts an. Ich hoffe, die Leitung ist wieder in Ordnung."

Sie packten Harriet und trugen sie nach oben. Charlie legte sie auf das frischbezogene Bett und ging wieder runter, um zu telefonieren. Heino blieb in die Ecke gelehnt im Zimmer stehen. Nachdenklich betrachtete er Harriet. Ohnmächtig und mit zerquetschten Fliegenkörpern am Leib lag sie da, den Rock bis zur Hüfte hochgezogen. Heino konnte den Blick nicht von ihr wenden. Sie faszinierte ihn.

Detlef Schmidt kam ins Zimmer. "Was suchen Sie denn noch hier? Los raus. Oder nein, halt, warten Sie, machen Sie mal den Waschlappen da naß."

Heino hielt den Waschlappen unter den Wasserkran.

“Danke!”
“Was machen Sie jetzt?” fragte Heino blöd.
“Ich werde Harriet waschen.”
“Hm”, Heino rührte sich nicht von der Stelle.
“Ja, was nun? Wenn Sie genug gesehen haben, lassen Sie uns bitte allein!” fuhr Schmidt ihn an.

Brummend zog Heino ab. Er schloß die Tür und lehnte sich dagegen.

Gerade wollte das Schwein mich niederschlagen, weil ich der Kleinen geholfen hab’, bevor er seine Kamera holen konnte. Jetzt sitzt er da drin und wäscht ihren Arsch. Wetten, daß er noch den Helden spielt, wenn sie aufwacht! dachte Heino zornig.

Er bückte sich, um durch das Schlüsselloch zu sehen. Doch nur das rosa Tapetenmuster bot sich seinen Blicken an.

Hinter der Tür hörte er Detlef Schmidt hantieren. Wetten, daß er sie auszieht? Wetten?

“Mensch, Heino! Wo bleibst du? Was ist überhaupt los? Trinken wir einen zusammen?
“Ich komme. Ich komme schon runter!” rief Heino.

*

Knapp zwanzig Minuten später kam Dr. Mauts an.

“Wo liegt die Kranke?”
“Oben.”
“Danke.”

Detlef Schmidt hatte Mauts schon kommen hören. Er stürmte ihm entgegen. “Sagen Sie, sind auch noch andere Leute von den Fliegen angegriffen worden? Können Sie Namen nennen? Welche Folgen können die Biester für den Menschen haben?”

Böse schob Dr. Mauts Schmidt beiseite.

“Lassen Sie mich in Ruhe. Ich bin Arzt.”

Dr. Mauts verschwand in dem Gästezimmer und schloß hinter sich die Tür ab.

Detlef Schmidt hatte nur einen Gedanken: seine Story. Zugegeben - sein Material reichte für einen Artikel. Aber eben nicht für d e n Artikel. Sensationsreporter Detlef Schmidt berichtet exklusiv ... Er mußte mehr erfahren. Nervös zündete er sich eine Zigarette an. Er zog hastig. Der Rauch brannte ihm in der Lunge. Er mußte husten.
“Scheiße!”

Wütend drückte er die Zigarette aus.

“Ich muß mit einem der Betroffenen sprechen. Ich muß das Nest dieser verdammten Viecher finden. Dann ist es endlich aus mit dem kleinen Scheißer Detlef Schmidt. Ich muß mich beeilen. Morgen wird es hier vielleicht schon von Journalisten wimmeln. Wer weiß? Ich habe nicht mehr viel Zeit."

Heino und sein Saufkumpan verließen die Kneipe. Nur Charlie stand gelangweilt hinter dem Tresen und putzte die Gläser. Detlef Schmidt ging zu ihm.

"Ein Bier?"
"Ein Bier."
"Ob der Arzt noch lange oben bleibt?"

"Weiß nicht. Was halten Sie denn von der Sache?"
"Welcher Sache?"
"Na, von den Fliegen, verdammt."

Charlie hielt ein Bierglas unter den Hahn.

"Na - was?"

Das Bier schäumte über Charlies Hand. Er knallte das Glas auf den Tresen und schimpfte: "Warum müssen Sie allen Menschen dämliche Fragen stellen? Sind Sie etwa krank? Oder wollen Sie Fliegenfänger verkaufen? Oder was?"

Detlef Schmidt merkte, daß die Situation überall zum Nervenzerreißen war. Er versuchte es mit Geduld.

"Regen Sie sich doch nicht gleich auf. Die Sache interessiert mich eben."
"Jetzt hören Sie mir mal gut zu - junger Mann.

Wenn Sie hier ein Zimmer wollen - okay. Wenn Sie hier einen trinken wollen - okay. Aber lassen Sie mich mit ihren Fragen in Ruhe! Fünf Stunden lang haben hier ein paar Biologen die Decke nach Fliegenscheiße abgekratzt und dumme Fragen gestellt. Ich habe die Schnauze voll. Ist das klar?"

Schmidt hätte dem Wirt zu gerne eine reingehauen, aber er beherrschte sich. Er kippte das Bier herunter und verließ die Kneipe wortlos. Wütend knallte er die Tür hinter sich zu.

"Scheißkerl!"

Die Straße lag menschenleer vor ihm. Was jetzt? Er entschloß sich, einfach mal bei ein paar Leuten zu klingeln. Kaum eine Tür öffnete sich. Er erfuhr nichts, was er schon wußte.

Als die Wirkung der Beruhigunsspritze nachließ, erwachte Harriet. Es war schon dunkel. Sie konnte durch das geschlossene Fenster die Sterne sehen. Sie fühlte sich übel. Kopfschmerzen. Das Zimmer sah gar nicht aus wie ein Hotelzimmer. Die rosa Tapeten, der ovale Goldrandspiegel an der Wand, der weiche Teppich und die zierlichen Möbel gaben dem Zimmer einen Puppenhäuschen-Charakter. Harriet wurde langsam klarer. Sie ordnete ihre Gedanken.

Neben ihr tönte Schmidts Atem mit gleichmäßiger, ruhiger Selbstverständlichkeit. Über dem Stuhl vor dem Spiegel lag sorgsam gefaltet seine Hose.

Das ist schon ein komisches Gefühl. Da wird man wach, weiß nicht, wie man ins Bett kam und hat neben sich den ekligsten Kerl der Welt liegen. Da hätte ich auch in den USA bleiben können. Nutten gibt es genug. Ich habe nicht Germanistik studiert, um mich von meinem Vorgesetzten vögeln zu lassen. Warum gönnt man mir kein normales Leben als Frau? Bin ich so anders? Aber ich habe gelernt, mich zu wehren. Sie drehte sich zu Schmidts Seite um und zog die Knie an, dann stemmte sie ihre Füße gegen seinen schlaffen Körper und streckte die Beine. Schmidt rollte herum und fiel aus dem Bett. Hart schlug er auf dem Boden auf.

Er stöhnte. Harriet begann zu lachen. Sie juchhute vor Freude, als sie den total verstörten Mann vor dem Bett liegen sah. In seiner blaugestreiften, zerknitterten Pyjamahose bot er einen lächerlichen Anblick. Er wischte sich die Haare aus der Stirn und stand unbeholfen auf.

Noch begriff er nicht, was passiert war. Mürrisch sah er Harriet an. Sie kniete im Bett und klatschte sich vor Freude mit den Händen auf die Oberschenkel.

"Wenn du dich jetzt sehen könntest! Wenn alle Männer sich mal so sehen könnten . . . "

Schmidt befühlte seinen Kopf. Unter den Fingern spürte er eine Beule anschwellen.

“Hat der Kleine aua-aua?” spottete Harriet.
“Miststück.”

Schmidt ging um das Bett herum und öffnete das Fenster. Er atmete tief durch.

“Nicht. Mach es wieder zu!”
“Hast du Angst vor den Fliegen - du - du gemeines Biest du?”
“Mach bitte das Fenster zu”, sagte sie plötzlich kleinlaut geworden.
Detlef Schmidt baute sich stolz vor ihr auf und bestimmte: “Nein! Das Fenster bleibt auf. Ich kann nicht atmen in deinem Mief.”
Harriet stieg, nackt wie sie war, aus dem Bett und schloß das Fenster. Schmidt betrachtete nervös ihren geschmeidigen Körper. Dann schimpfte er: “Das Fenster bleibt auf! Basta.”

Er versuchte, es wieder zu öffnen, doch Harriet stemmte sich dagegen.

“Weg da!”
“Nein!”

Schmidt stieß sie zur Seite. Sie wehrte sich. Ein stummer Ringkampf begann vor dem Fenster. Er hätte nie so viel Kraft in ihren Armen vermutet. Ihr Atem ging schneller. Harriet kratzte. Da packte Schmidt brutal zu. Verzweifelt biß Harriet ihm in die rechte Hand. Er schrie auf und ließ Harriet los.

Wütend stürzte er zum Lichtschalter.

“Das machst du nicht noch mal! Du verdammtes Biest, du!”

Jetzt, da das grelle Licht sie blendete, wurde sie sich ihrer Nacktheit erst wirklich bewußt. Sie versuchte, ihren Körper zu bedecken. Sie riß die Decke vom Bett und hielt sich sich schützend vor die Brust.

Aus Schmidts Handrücken quoll Blut. Seine Augen leuchteten. Blanker Haß. Sein Gesicht war schmerzverzerrt. Er hatte etwas Animalisches an sich.

So sehen die Killer im Film aus . . . dachte Harriet.

Er kam langsam auf sie zu. Nervös zuckend traten seine Halsadern hervor. Seine Muskeln waren gespannt.

Harriet geriet in Panik. Sie machte ein paar Schritte rückwärts und drohte: “Ich schreie! Ich werde schreien. - Ganz bestimmt - ich schreie. Ich . . .”

Brutal schlug er ihr ins Gesicht. Sie verlor das Gleichgewicht. Die Decke fiel hin. Sie versuchte, ihr Gesicht mit den Armen zu schützen. Detlef Schmidt riß ihr die Arme herunter und schlug erneut zu.

Sie glaubte, ihr Tormmelfell müsse platzen.

“Nicht! Bist du denn verrückt? Nicht . . .”

Schmidt war nicht mehr zu bremsen. Er überschüttete sie mit gemeinen Schimpfwörtern und prügelte auf sie ein. Harriet vergrub ihr Gesicht in den Armen. Schmidt riß ihr die Arme auseinander, bog sie, daß sie zu brechen drohten und prügelte weiter auf Harriet ein.

Sie begann zu kreischen.

“Halt das Maul! Brüll nicht so!”

Harriet war fast taub von den Schlägen. Sie hörte nur noch ihre eigene Stimme.

Jemand klopfte an die Tür.

“He! Was ist da los! Aufmachen.”
“Hilfe! Hilfe! Ich kann nicht mehr!” schrie Harriet.
Schmidt ließ sie los. Er überlegte. Das könnte peinlich werden.
“Aufmachen! Oder ich schlage die Tür ein!” brüllte draußen jemand.
Schmidt zog sich hastig das Hemd an und die Hose über den Pyjama.
Harriet lag völlig aufgelöst vor dem Bett. Blut und Schnodder vermischten sich zu einer klebrigen Masse. Die Tür krachte unter der Wucht eines Schlages.
“Der macht Ernst!”

Schmidt fuhr zusammen. Er überlegte eine Sekunde, dann öffnete er die Tür.

Zwei böse Blicke begegneten sich.

Der Fremde versuchte, über Schmidts Schulter ins Zimmer zu gucken.
“Da hat doch eben eine Frau geschrien!”
Der junge Mann erblickte Harriet. Er stieß Schmidt zur Seite und stürzte ins Zimmer.
“Kann ich Ihnen . . .”
Schmidt zog es vor zu gehen. Der junge Mann sah nicht so aus, als ob mit ihm gut Kirschenessen wäre. Unter seinem dünnen Oberhemd zeichnete sich ein athletischer Körper ab.

Schmidt atmete schwer. Er knallte die Tür hinter sich zu und ging wie betäubt die Treppe herunter. Das kann bös’ enden, dachte er.

Harriet war verstört und nur schwer zu beruhigen. Mit freundlicher Stimme sprach Johannes auf sie ein. Er hatte sie ins Bett gelegt und ihr das Gesicht abgewischt. Viel mehr konnte er jetzt nicht tun.

“Soll ich einen Arzt rufen?”
“Nein, bitte nicht. Es geht schon wieder.”
“Ich gehe dann wohl jetzt am besten.”

Harriet klammerte sich an seinen Arm.
“Nein!”

Johannes überlegte.
“Ich schlafe nebenan. Sie brauchen nur zu klopfen, wenn etwas ist. Ich habe einen leichten Schlaf. Okay?”

Harriet nickte.

Johannes sah sich noch einmal im Zimmer um, dann ging er zur Tür.
“Sie brauchen wirklich keine Angst mehr zu haben.”
Leise schloß Johannes die Tür hinter sich.

Sieht astrein aus die Frau, dachte er. Bestimmt Amerikanerin oder Engländerin, komisch in diesem Kaff. Die wäre genau richtig für mich. Ich bin sowieso solo. Aber ihre Situation auszunutzen, wäre nicht gut gewesen. Könnte ja auch sein, daß der Kerl zurückkommt. Am besten hau ich ihm dann gleich was in die Fresse. Für die Kleine kann man sich ruhig mal ledern.

Harriet drückte ihr Gesicht in die Kissen und heulte. Das Leben war plötzlich für sie ein sinnloses Durcheinander. Ein erbitterter Kampf, in dem sie nicht wußte, worum es eigentlich ging.

Am nächsten Morgen erschien Harriet mit geschwollenem Gesicht zum Frühstück. Doch die Welt sah schon wesentlich freundlicher aus. Frische Decken lagen auf den Tischen. Kaffeeduft erfüllte die Luft, und die Sonne schien durch die viel zu kleinen Fenster in den Raum.

Johannes saß am Fenster und schälte sich ein Ei ab. Als er Harriet auf der Treppe sah, stand er auf und ging auf sie zu.

“Wollen wir gemeinsam frühstücken?”
“Gern!”

Jetzt erst kam Harriet dazu, Johannes richtig anzusehen.
Er war höchstens 25. Seine pechschwarzen Haare reichten bis über den Hemdkragen. Er sah sportlich aus. Seine zusammengewachsenen Augenbrauen gaben dem Gesicht etwas Markantes. Harriet bestellte sich zwei Brötchen und ein Ei.

Charlie blickte brummig drein. Er war sauer wegen des nächtlichen Krachs. Er hatte in der letzten Zeit wenig Schlaf bekommen.

“Ich wollte mich noch bei Ihnen bedanken für . . .”
Johannes winkte ab.
“Ich glaube, ich stelle mich erst mal vor. Mein Name ist Sud. Johannes Sud.”
“Zu mir sagen Sie am besten Harriet. - Machen Sie hier Urlaub?”
“Nicht direkt. Ich bin Biologe. Eigentlich kam ich hierher, um die Ursache für das Erscheinen der Fliegeninvasion zu untersuchen, aber ich habe mir ein paar Tage freigenommen.”

Freigenommen ist eigentlich nicht der richtige Ausdruck, dachte Johannes.

“Warum?”
“Interessiert Sie das wirklich?”
“Ja, ungeheuer!”
Johannes Sud lachte.

Ich habe mich von der eigentlichen Truppe gelöst, weil ich glaube, daß die Leutchen die Fliegen am falschen Ort suchen."
"Sie wissen also, wo die Fliegen herkommen?"
"Hm. Nein, aber ich könnte es mir denken."
"Und jetzt wollen Sie auf eigene Faust weitermachen?"
"Vielleicht?"

Johannes schob sich ein ganzes Ei in den Mund.

Charlie brachte das Frühstück für Harriet.
"Oh, prima."

Harriet trank den Kaffee schwarz. Während Johannes sich auf sein Frühstück konzentrierte, dachte Harreit über die Vorfälle der vergangenen Nacht nach. Sollte sie jetzt noch mit Schmidt zusammenarbeiten? Und wo war er überhaupt? Plötzlich fragte sie: "Darf ich Ihnen helfen?"
Johannes blickte erstaunt auf.
"Helfen? Wobei?"
"Na, Sie sind doch Biologe, und Sie werden weiter nach den Fliegen forschen!"
"Ja. Ich will die Nistplätze suchen."
"Nistplätze?"
"Ja, wenn eine so große Anzahl Fliegen plötzlich auftaucht und dann wieder verschwindet, deutet das doch wohl darauf hin, daß es einen zentralen Ort für diese Fliegen gibt, an den sie sich wieder zurückziehen, und von wo aus sie auch kommen."
Das klingt einleuchtend. Also, nehmen Sie mich mit?"

Johannes zuckte mit den Schultern.
"Wenn Sie wollen. Warum nicht? Aber ich kann mir nicht denken, was an den Fliegen für Sie interessant sein könnte?"
"Wann gehen wir los?"
"Nach dem Frühstück."
"Meinetwegen."

Harriet schmierte ihr Brötchen, betrachtete ungeniert diesen Fernsehtyp von Johannes Sud und überlegte, ob sie nur aus journalistischem Interesse mit ihm losziehen wollte, oder ob noch etwas anderes dabei im Spiel sein könnte.
Ja, er gefiel ihr durchaus, dieser Biologe, der aussah, als könnte er es mit Clay aufnehmen. Für diese Mischung von Wissenschaftler und Catcher war Harriet schon immer anfällig. Außerdem, mit diesem Typ an der Seite war sie vor Schmidt Zudringlichkeiten sicher.

5. Kapitel

Detlef Schmidt hatte die Nacht im Auto verbracht. Jetzt spürte er jeden Muskel - trotz der Liegesitze. Der Kniff war aus der Hose. Sein Hemd durchgeschwitzt und zerknittert. Er fluchte leise. Im Handschuhfach lagen noch Zigaretten. Er schob sich eine zwischen die Lippen und suchte nach Streichhölzern.
Wie sollte jetzt alles weitergehen? Er mußte ins Hotelzimmer zurück, und sich dort erstmal umziehen. Außerdem brauchte er endlich ein paar Fak-

ten für seinen Artikel. Er beschloß, noch eine Stunde zu warten und dann erst in Charlies Kneipe zu gehen. Er wollte auf jeden Fall vermeiden, Harriet jetzt zu treffen. Sie würde sich schon wieder abregen, er wollte ihr Zeit dazu lassen.

Im Wagen war eine Bullenhitze. Schmidt fuhr den Wagen in den Schatten und öffnete die Tür. Zermürbt lehnte er sich in die Sitze zurück und drehte das Radio an. Die Musik stimmte ihn freundlicher. Er sah einer Fliege zu, die sich im Wagen verirrt hatte und gegen die Scheiben flog.
“Wenn ich nur mehr über die Scheißdinger herauskriegen könnte . . .”

Es schien ein fantastischer Tag zu werden. Schwimmbadwetter. Er entschied sich, eine Telefonzelle zu suchen, um seine Faru anzurufen. Langsam fuhr er durch das Dorf. Die Sonne blendete ihn. In einiger Entfernung erblickte er eine Frau mit zwei Koffern am Straßenrand. Sie trug ein rotes Sommerkleid und weiße Schuhe. Ein Kopftuch hielt ihre Haare zusammen. Detlef Schmidt hielt neben ihr. Seine Stimmung schlug um.

“Darf ich Sie ein Stück mitnehmen?”

Lisa sah ihn an.

“Hm . . . Die Koffer sind ja reichlich schwer. Wo fahren Sie denn hin?”
“Nur bis zum nächsten Bahnhof.”

Schmidt machte eine einladende Geste.

Lisa wuchtete die Koffer in den Wagen. Schmidt legte sie auf die Rücksitze. Dann stieg Lisa ein. Aus der Nähe betrachtet, sah sie älter aus. Schmidt war zwar ein wenig enttäuscht, er ließ sich aber nichts anmerken. Er startete den Wagen.

"Haben Sie hier Urlaub gemacht?"
"Ja, eigentlich wollte ich auch länger bleiben. Ich war bei meinem Schwager zu Besuch. Aber diese verdammten Fliegen hier gehen mir auf den Wekker. Da fahre ich lieber wieder nach Hause."
"Sind Sie denn auch mit den Fliegen in Berührung gekommen?"
"Das kann man wohl sagen. Ich bin von ihnen überfallen worden. Schrecklich sage ich Ihnen! Schrecklich!"
Schmidt wurde hellhörig.
"Darüber müssen Sie mir mehr erzählen."
Lisa berichtete von ihrem Erlebnis in Charlies Kneipe. Die peinliche Nacht in Tonys Wohnung verschwieg sie allerdings. Schmidt beichtete ihr, daß er Journalist war. Das machte ihn für Lisa interessant. Er stoppte den Wagen und schrieb sich Lisas Geschichte auf. Eine Betroffene berichtete. Wenigstens etwas. Aber ob der Chef damit zufrieden sein würde?

Lisa war erfreut, daß sich plötzlich jemand so brennend für sie interessierte. Sie steigerte sich in wilde Erzählwut. Phantasie und Wirklichkeit vermischten sich. Detlef Schmidt spürte das. Doch er mußte am Ball bleiben. Er entschloß sich, Nick Kück aufzuspüren. Das konnte interessant werden.

“Dieser Tony hat also die Frau von dem Herrn Nick Kück umgebracht?”
“Ja, ja. Er ist weggelaufen, und dann haben sie ihn angeschossen.”
“Ist ja sehr interessant. Ich glaube, ich werde den Leuten mal einen Besuch abstatten. Tut mir leid, ich kann Sie leider nicht weiter mitnehmen. Ich muß jetzt an die Arbeit. Sie verstehen . . .”
“Ja, aber . . .”

Schmidt hatte es plötzlich sehr eilig. Er stellte die Koffer auf die Straße und komplimentierte Lisa aus dem Wagen. Sekunden später sah sie nur noch seine Rücklichter. “Scheiße!” fluchte sie.

Schmidt drückte das Gaspedal voll durch. Er scheuchte Hühner von der Straße. Eine Frau schimpfte hinter ihm her. Er lachte. Rasant preschte er um die Kurven und bremste vor Charlies Kneipe. Er ließ den Wagen offen stehen und stürmte herein. Emmy räumte gerade die Tische ab.

“Morgen.”
“Morgen.”
“Wollen Sie noch frühstücken?”
“Nein. Ist Harriet noch da? Ich meine, meine Frau.” “Nein, sie ist mit Herrn Sud spazierengegangen. - Glaube ich. Aber . . .”

Detlef Schmidt hastete die Treppe herauf. Die Zimmertür war abgeschlossen.
"Kann ich vielleicht mal . . ."

Emmy brachte den Schlüssel schon.
"Sie sind heute aber eilig!"

Schmidt schloß auf. Emmy guckte neugierig in das Zimmer. Sie sah nichts Besonderes. Detlef Schmidt ließ sie draußen stehen. Er hatte jetzt keine Zeit. Schnell zog er sich ein anderes Hemd an und eine Unterhose. Er packte seine Sachen flüchtig zusammen. In der Eile vergaß er Zahnbürste und Bademantel. Plötzlich sah er Harriets Fotoapparat. Den konnte er sehr gut gebrauchen. Schließlich mußte er ein paar Bilder schießen.
Knipsen kann ich auch ohne dich - mein Schatz, dachte er und packte den Apparat ein.

Eine halbe Stunde später klingelte er schon bei Nick Kück. Dr. Mauts öffnete.

"Sie?"
"Überrascht Sie das?"
"Ich wollte zu Nick Kück."
"Da sind Sie hier richtig, aber reden können Sie nicht mit ihm."
"Warum?" fragte Schmidt erstaunt.

Dr. Mauts zog ihn in die Wohnung.
"Sehen Sie selbst."

Nick lag in seinem Bett. Er war seltsam verkrampft. Seine Hände umklammerten die Bettdecke. Seine

Knöchel traten weiß hervor. Dicke Schweißperlen standen auf seiner Stirn. Plötzlich vergrub er sein Gesicht in dem schmierigen Kopfkissen, und biß hinein. Ja, er biß mit den Zähnen in das Kopfkissen, wie ein Tier in ein blutiges Stück Fleisch. Dabei zerrte sich sein Gesicht zu einer häßlichen Grimasse.
"Was stinkt denn hier so erbärmlich?"
Dr. Mauts zuckte die Schultern.
"Seine Krankheit will raus."
"Das ist wohl schon der Leichengeruch?"
Mauts zündete sich eine Zigarette an.
"Was hat er denn?" bohrte Schmidt weiter.

Wieder zuckte der Doktor mit den Schultern. "Ich werde ihn ins Krankenhaus überführen lassen. Wahrscheinlich hatten die Fliegen irgendeine Krankheit an sich. Er hat Fieber und Wahnvorstellungen."

Detlef Schmidt hielt es nicht länger in dem Raum aus. Er konnte von Nick Kück nichts erfahren.

Als er im Auto saß, entschloß er sich plötzlich, doch besser ein paar Fotos zu machen. Vielleicht würde Nick Kück die nächsten Tage nicht überleben. Jedenfalls brauchte er ein Foto von dem ersten Mann, den die Fliegenkrankheit erwischt hatte.

Schmidt ging mit dem Fotoapparat in der Hand zurück. Dr. Mauts war nicht damit einverstanden, daß Schmidt knipste. Aber er wußte nicht, wie er es ihm hätte verbieten können. Schmidt drängte sich einfach an ihm vorbei und suchte vor Nick Kücks Bett nach der richtigen Kameraeinstellung.

Nick Kück zuckte unter den Blitzlichtern zusammen. Er schlug um sich und brüllte. Die tierischen Schreie des Kranken zerrten an den Nerven. Nick Kück tobte immer wilder.

"Jetzt ist aber Schluß! Die Bilder machen ihn verrückt. Er kann die Blitzlichter nicht vertragen. Hören Sie endlich auf!"
"Nur noch eins! Noch eins! Ja - so! Prima!"
"Jetzt aber raus!" Dr. Mauts schob Schmidt vor sich zur Tür.

Draußen atmete Schmidt erleichtert auf. Die Fotos würde ihm jeder Chefredakteur aus den Händen reißen. Er stieg in sein Auto und fuhr in die nächste Stadt zum Krankenhaus. Er mußte diesen Tony sprechen. Schließlich war der nicht nur von den Fliegen angegriffen worden, sondern er hatte auch Nick Kücks Frau umgebracht.

Schmidts Story nahm langsam Formen an. Noch nicht ganz titelblattreif - aber entwicklungsfähig.

6. Kapitel

Harriet ging neben Johannes Sud durch das Dorf. Sie kletterten über Zäune, überquerten Wiesen und stahlen Äpfel von den Bäumen. Harriets depressive Stimmung war verflogen. Fast hatte sie den eigentlichen Grund ihres Aufenthaltes vergessen. Während sie schmatzend einen Apfel nach dem anderen aß, dachte sie an die Zeit in den USA, damals stahl sie die Äpfel beim Händler auf dem Markt. Sie lachte bei dem Gedanken.

Johannes entnahm an allen möglichen Orten Proben für seine Untersuchungen. Erde, Blätter, Blumen, Scheiße. Er interessierte sich für alles.

"Eigentlich wollte ich noch zum Müllplatz. Willst du mich auch dahin begleiten?"
Harriet runzelte die Stirn und fragte: "Hast du etwa gerade DU gesagt?"
Johannes zeigte sein Raubtiergebiß. "Du aber auch!"
"Wie?"
"Na, du hast auch DU gesagt."
"Dann bleiben wir doch dabei. Okay?"
"Aber wir können nicht einmal darauf trinken!"
"Das holen wir nach. Heute abend."

Harriet hakte sich bei Johannes ein, und sie schlenderten zum Müllplatz. Wer sie beobachtete, glaubte sicherlich nicht, daß hier eine Journalistin und ein Wissenschaftler auf der Suche nach den Ursachen für die Fliegenflut waren. Man konnte sie eher für ein Liebespärchen halten.

Der Müllplatz war riesig. Er lehnte sich an eine Steinhalde an, die von einem früheren Bergwerk stammte. An einigen Stellen wuchsen Bäume auf dem Müll.

Harriet bestäubte sich mit Eau de Cologne, denn sie ekelte sich vor dem aufdringlichen Geruch. Nur zögernd folgte sie Johannes, der auf einen Abfallberg kletterte und von dort Proben entnahm.

Harriet blieb in einiger Entfernung stehen und sah ihm zu. Weiter hinten standen mehrere Fässer herum. Harriet wollte ihre Beschriftung lesen. Doch die Buchstaben waren verwittert. Sie konnte kaum etwas erkennen. Gerade wollte sie Johannes auf die Fässer aufmerksam machen, als ihr eine Ratte über die Füße lief.

Harriet kreischte. Johannes fuhr herum.
“Was ist?”

Sekunden später stand er vor ihr. Sie war kreidebleich. Johannes befürchtete, daß sie jeden Augenblick in Ohnmacht fallen könnte. Er stützte sie.
“Was ist denn?”
“Eine Ratte, eine Ratte ist mir über den Fuß gelaufen.”
“Hat sie dich gebissen?”
“Nein.”

“Ja, Ratten gibt es hier viele. Das ist doch klar. Die Tiere können eklig beißen. So etwas kann gefährlich werden. Möchtest du wieder umkehren? Ich komme dann in einer Stunde nach.”

Harriet schluckte. Wenn sie etwas nicht mochte, dann waren das Männer, die glaubten, sie könnten mit einer Gefahr besser fertig werden als eine Frau. Normalerweise hätte sie jetzt jeden Mann angefaucht: “Du hälst dich wohl für Herkules, wie? Glaubst du, bloß weil ich eine Frau bin, ist das hier zuviel für mich? Behalte deine Scheißarroganz für dich! Kompensier deine Komplexe woanders!”

Aber Johannes schrie sie nicht an. “Danke, es geht schon wieder besser. Ich werde jetzt mehr achtgeben.”
Johannes fuhr ihr mit der Hand über das Gesicht. “Schwamm drüber!”

Dann wandte er sich wieder seinen Proben zu. Harriet stand bewegungslos da und schaute ihm zu. Nur ab und zu schlug sie nach den Fliegen, die hier herumschwärmten. In letzter Zeit war sie allergisch gegen Fliegen. Johannes fing auch ein paar Fliegen. Er kramte etwa eine Stunde zwischen Dreck, Erde, Büchsen, Resten, Papier und Autoteilen herum. Dann konnten sie gehen. Er hatte genug für eine Woche intensiver Laborarbeit. Harriet war froh, daß sie den Müllplatz verließen. Er wirkte bedrükkend auf sie. Kaum waren sie hundert Meter weit weg, hakte sie sich wieder bei Johannes ein.

“Ich habe fast ein Dutzend von den Fliegen gefangen. Gestern haben wir in den Wiesen gesucht und nur ein paar Schmeißfliegen aufgestöbert.”
“Bist du stolz auf deinen Erfolg?”
“Ja. Ich habe von Anfang an behauptet, daß wir auf dem Müllplatz suchen müssen, weil da die ideale Stätte für diese Tiere ist.”
“Aber woher weißt du”, fragte Harriet, “Daß die Fliegen, die du gefangen hast, wirklich die sind, die hier in riesigen Schwärmen auftraten?”
“Die Fliegen, die hier die Verwirrung stifteten, waren winzig. Außerdem sollen sie Schimmel an den Flügeln haben. Aber das ist natürlich Unsinn, es sind nur kleine weiße Punkte.”

Die letzten Ereignisse rasten durch Harriets Kopf. Diese verdreckte Toilette in Charlies Kneipe. Die toten Fliegen in dem verstopften Waschbecken. Der Türspalt, durch den Charlie in die Toiletten schielte. Der langsam über die Erde kriechende Fliegenschwarm. Die zwei Fliegen auf ihrem Rock. Die Fliege am Hals. Das Ekelgefühl. Der angreifende Fliegenschwarm.

Es war, als hätte man mir eine Hand voll Dreck ins Gesicht geschleudert, dachte sie, dann sagte sie: “Nein, du irrst dich! Sie hatten Schimmel auf dem Rücken. Ich weiß es bestimmt. Schließlich bin ich von ihnen angegriffen worden.”

Johannes stutzte.
“Bist du dir sicher?”
“Ja, ganz sicher! Aber laß uns jetzt von etwas anderem reden.

“Wir wollten auch noch auf du und du trinken.”
“Vielleicht könnten wir ins Schwimmbad fahren. Bei dem Wetter dürfte es sich lohnen.”

Eigentlich wollte Johannes jetzt arbeiten. All die Proben mußten untersucht werden. Er wollte auf jeden Fall eher mit Ergebnissen auftrumpfen können als die Leute vom Institut. Doch dann sah er das Lächeln um Harriets Mund, den auffordernden Blick ihrer Augen und entschied sich für das Schwimmbad.
Sie beeilten sich, zu Charlies Gasthof zu kommen, um ihr Badezeug zu holen.
Harriet lief ein Stückchen voraus. Johannes betrachtete sie mit Genugtuung.
Welch eine Frau . . ., dachte er.

In Charlies Kneipe war natürlich noch nichts los. Emmy kniete am Boden und schrubbte die Fliesen.

Harriet und Johannes holten ihr Schwimmzeug aus den Zimmern, dann trafen sie sich in der Gaststätte wieder.
“Wollen wir noch eine Cola trinken, bevor wir gehen?”
“Gern.”
“Junge Frau! Zwei Cola bitte!”

Mürrisch stand Emmy auf und ging hinter die Theke. Sie hatte einen seltsam schleppenden Gang.

“Die Frau tut mir leid. Ihr Mann ist ein Ekel. Für

ihn ist sie eine billige Arbeitskraft, die er kommandieren kann", flüsterte Harriet.
"Säuft er?" fragte Johannes.
"Ich glaube schon. Sieh dir nur die Leidensmiene seiner Frau an. Das sagt alles."

Emmy brachte die bestellten Getränke.
"Wohl bekomm's."

Plötzlich betrat Detlef Schmidt die Kneipe. Harriet rutschte unruhig auf ihrem Stuhl herum. Johannes war fest entschlossen, diesen Schmidt sofort niederzuschlagen, falls er Ärger machen sollte.

Schmidt war guter Laune. Langsam ging er auf Harriet und Johannes zu.
"Na, amüsiert die Dame sich gut? Ich hoffe doch, denn ich habe den ganzen Morgen für sie mitgearbeitet, gnädige Frau!" spottete Schmidt.

Harriet wußte nicht, was sie sagen sollte. Schmidts Frechheit nahm ihr immer den Wind aus den Segeln.

"Hauen Sie ab!" fauchte Johannes.

Detlef Schmidt machte eine Verbeugung und sagte mit geheuchelter, übertriebener Demut: "Verzeihen Sie, wenn ich das junge Glück gestört haben sollte! Ich konnte ja nicht wissen, daß Madame nicht mehr nötig hat zu arbeiten."

Johannes stand auf.

Schmidt beeilte sich, zur Tür zu kommen. Dort drehte er sich noch einmal um und rief: "Jedenfalls habe ich eine hübsche Story in der Tasche. Aber das könnt ihr selbst in der Zeitung lesen."
Die Tür knallte zu.

"Was meinte der damit?" fragte Johannes.
"Na ja, er wird einen Artikel über die Fliegen hier veröffentlichen."
Das halte ich für sehr unklug. So etwas kann die Leute in Panik versetzen. Die Sache ist schon schlimm genug. Da braucht dieser Sensationsreporter nicht auch noch seinen Senf dazugeben!" schimpfte Johannes.
Er sagte das nicht, weil er davon überzeugt war, sondern weil er Schmidt eins auswischen wollte.

Er trank sein Glas in einem Zug leer.
"Gehen wir?"
Harriet stand auf.

Das Schwimmbad war überlaufen. Schon aus einiger Entfernung konnte man das Lärmen der Kinder hören. Eng aneinadergedrängt aalten sich die Leute in der Sonne. Kaum ein freies Plätzchen. Harriet verschwand in der Umkleidekabine. Johannes breitete unter einem Bäumchen mit tiefhängenden Ästen sein Handtuch aus. Er zog sich an Ort und Stelle um. Das Bäumchen spendete wohltuenden Schatten. Johannes legte sich auf sein Handtuch und streckte sich aus. Und plötzlich stand sie vor ihm.

“Unter den Ästen sieht man dich ja gar nicht. Ich wäre fast an dir vorbeigelaufen. Versteckst du dich vor mir?” fragte Harriet.

Johannes verstand nicht, was sie sagte. Verwirrt wanderten seine Blicke über ihren Körper. Sie trug einen gelben Bikini, der sich leuchtend von ihrer sonnengebräunten Haut abhob. Ihre geschmeidigen Bewegungen hatten etwas Katzenhaftes an sich. Ja, er hatte sie nackt gesehen. Es war noch nicht lange her. Doch damals mußte er andere Augen gehabt haben.

Was war über Nacht aus dem Tränenbündel geworden?

Wenn ich nicht die Nacht durcharbeiten müßte ... dachte Johannes. Doch nichts war im Moment wichtiger für ihn, als die Proben zu untersuchen. Er mußte als erster handfeste Ergebnisse haben! Schließlich wollte er nicht als kleiner Assistent am Institut herumkrebsen.

Johannes spürte, daß er einen trockenen Mund bekam. Er schluckte. Harriet breitete ihr Handtuch aus und setzte sich neben ihn. Sie rückten näher zusammen.
“Warum siehst du mich so an?” fragte Harriet verwirrt.
“Ich? Ach was.”

Harriet zog eine Dose Sonnenkreme aus ihrer Tasche und begann, Johannes einzukremen. Er war

wie elektrisiert. Ein Schauer nach dem anderen durchlief seinen Körper, als Harriets Finger ihn berührten.
Dann kremte er sie ein. Es wurde ein fauler Nachmittag. Sie redeten kaum, kremten sich nur von Zeit zu Zeit wieder gegenseitig ein.

Als sie sich entschlossen zu gehen, stellten sie fest, daß sie während der ganzen Zeit auf nur einem Handtuch gelegen hatten.

Als Johannes Harriet daran erinnerte, daß sie seit dem Frühstück nichts mehr gegessen hatten, war Harriet sofort einverstanden, zu Charlies Kneipe zu gehen.

Detlef Schmidt hockte mürrisch über einem Schnitzel. Man hatte ihn nicht zu diesem Tony gelassen. Er erfuhr nur, daß Tony wohl durchkommen würde. Doch er freute sich auf seinen Artikel. Die Fotos und der Text hatten beim Chefredakteur Anklang gefunden.

Harriet und Johannes schlenderten herein. Schmidt sah auf sein Schnitzel.

Charlie brachte die Speisekarte.
“Wir haben nur zwei Gerichte, Bei dem Wetter hält sich nichts.”
“Auf jeden Fall möchten wir vorher jeder eine Kaltschale.”
Harriet nickte.
“Gute Idee!”

Mich hätte sie angefaucht. Sie haßt Männer, die einfach für ihre Frauen bestellen, was sie selber essen wollen. Hier paßt wieder ihr Schlagwort: männliche Arroganz. Aber dieser Sud darf sich bei ihr wohl einiges erlauben, dachte Schmidt wütend.

Plötzlich stand ihm das Bild seiner Frau vor Augen. Er wollte sie schon vor zwei Tagen anrufen. Ob sie sich Sorgen machte? Wahrscheinlich nicht. Sie hatte ja die Kinder. Er würgte an seinem Essen. Lustlos ließ er die Gabel sinken.

Harriet bemerkte, daß Johannes immer unruhiger wurde. Er brannte darauf, die Proben zu untersuchen. Harriet wollte ihn nicht halten, obwohl sie ihn jetzt noch nicht gerne gehen ließ.

“Hast du alle Instrumente in deinem Zimmer?”
“Das Nötigste. Aber es wird für eine erste Untersuchung reichen. Morgen fahre ich dann zum Labor und untersuche da alles genauer.”

Charlie brachte die Kaltschalen.

Harriet sah, daß Detlef Schmidt aufstand und zur Theke ging.
“Meinen Zimmerschlüssel bitte!”

Erschrocken sah Harriet Johannes an.
Der wird doch nicht . . . Gemeiner Kerl!”

Ohne zu zögern nahm er den Schlüssel und stieg die Treppe hoch.

“Der glaubt doch nicht, daß ich mit ihm noch in einem Raum schlafe?”

Johannes rief nach Charlie.
“Haben Sie noch ein anderes Zimmer frei?”
“Nein!”
“Gibt es hier in der Nähe noch einen anderen Gasthof?”
“Nein! Im Dorf nicht!”
“Scheiße!”
“Was machen wir jetzt?” fragte Harriet. Sie wurde sichtlich nervös.

Johannes stand auf und ging, ohne ein Wort zu sagen, die Treppe hinauf. An der Tür zu Harriets Zimmer klopfte er. Schmidt öffnete die Tür einen Spalt. Sofort setzte Johannes seinen Fuß hinein. Er versuchte, die Tür aufzudrücken. Schmidt lehnte sich dagegen. Harriet beobachtete vom Tisch aus die Szene. Sie hatte das Gefühl, etwas tun zu müssen. Doch sie war wie an den Stuhl genagelt. Sie konnte ihr eigenes Herz schlagen hören.

Johannes stieß die Tür auf. Schmidt, der hinter der Tür stand, fiel vor das Bett. Johannes kam herein und schloß die Tür hinter sich. Schmidt kroch rückwärts über den Boden, hielt sich am Bett fest, versuchte aufzustehen.

Johannes ging auf ihn zu.
“Was sind sie bloß für ein mieser Typ.”
“Lassen Sie mich! Wenn Sie mich anfassen . . . Ich rufe um Hilfe! Ich zeige Sie an . . . ich . . .”

Johannes packte Schmidt und riß ihn hoch. Dann drückte er ihn gegen die Wand.

Harriet riß sich von ihrem Stuhl los. Sie stürzte die Treppe rauf. Vor der Tür blieb sie stehen. Sie zögerte einen Moment. Sollte sie öffnen?

"Sie werden Harriet in Ruhe lassen. Ist das klar?"
"Ich will gar nichts von ihr. Das muß alles ein Irrtum sein. Lassen Sie mich doch endlich los. Mein Hals. Sind Sie wahnsinnig? - Mein Hals! Hören Sie auf! Hören Sie . . . Hilfe! Hilfe!"

Johannes ließ ihn los. Kraftlos sank Schmidt zusammen. Harriet öffnete die Tür. Johannes sah sie erstaunt an.

"Jetzt hast du um Hilfe geschrien. Gestern war ich in diesem Zimmer der Schwächere. Heute bist du es!"
Johannes wollte mit Harriet gehen. Doch sie drehte sich noch einmal um und sagte: "Ich hielt dich immer für einen Wolf im Schafspelz. Aber du bist ein Schaf im Wolfspelz."
Harriet knallte triumphierend die Tür zu.

Schmidt war total fertig. Er fürchtete sich vor diesem Johannes Sud. Er wußte, daß er ihm nicht gewachsen war. Alles schlug ihm plötzlich feindlich entgegen. Seinen journalistischen Erfolg, seinen großen Durchbruch, hatte er sich anders vorgestellt. Er suchte krampfhaft nach einer Zigarette.

Als er sie nicht fand, begann er hemmungslos zu heulen.
Meine Nerven halten das nicht aus, dachte er. Das nicht. Das ist zuviel.

Nach einer Viertelstunde hatte er sich beruhigt. Er verspürte den ungeheuren Drang, sich zu besaufen. Außerdem wollte er seine Frau anrufen. Ja, er wollte jetzt mit seiner Frau sprechen. Er verließ das Zimmer, legte den Schlüssel auf den Tresen und rief Charlie zu: "Ich brauche das Zimmer nicht mehr!"

Harriet und Johannes saßen am Stammtisch und beobachteten ihn. Er warf ihnen einen verächtlichen Blick zu und ging. Die Tür knallte zu.

Plötzlich brüllte Charlie: "Verdammt noch mal! Kann denn hier keiner eine Tür vernünftig zumachen? Laufen denn hier Idioten rum? Das ist ja nicht auszuhalten!"
"Die Stimmung wird mir hier immer unangenehmer. Komm, wir gehen auf unsere Zimmer. Wenn was ist - ich bin ja direkt neben dir", sagte Johannes.

Es war unverkennbar, er wollte jetzt endlich an die Arbeit. Harriet sah ein, daß es unfair gewesen wäre, seine Zeit noch länger in Anspruch zu nehmen. Sie stand auf. "Gehen wir."
Harriet nahm den Schlüssel. Vor der Tür sahen sie sich noch einmal an. Harriet wollte jetzt gerne et-

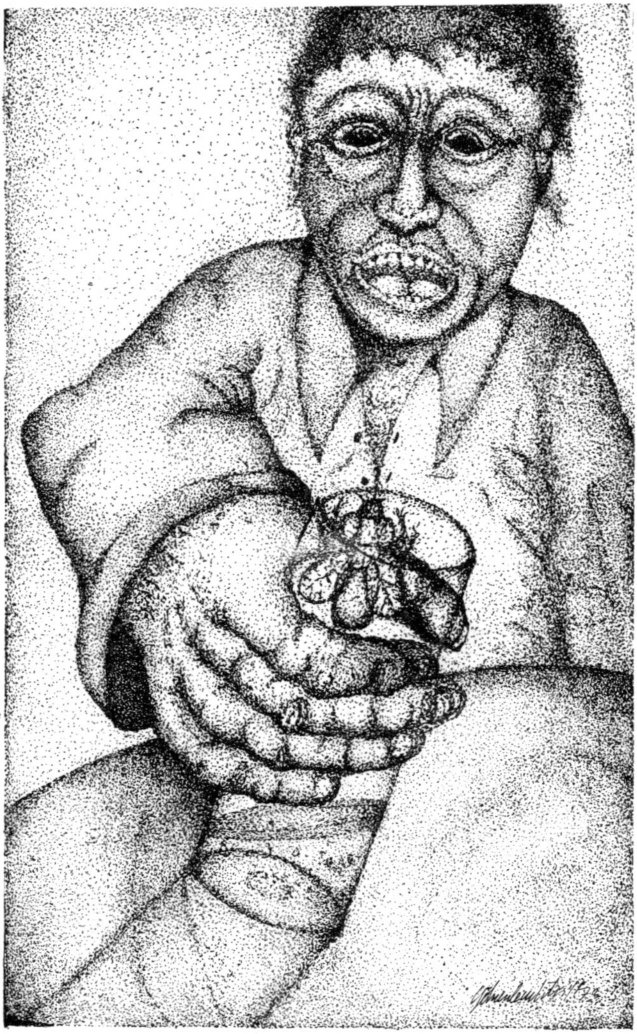

was sagen. ‘Du bist ein feiner Kerl’ zum Beispiel. Oder: ‘Komm noch mit zu mir. Ich bin jetzt nicht gerne allein’. Aber das alles klang ihr zu kitschig, und sie sagte nichts.
“Also ich bin nebenan.”

Johannes verschwand in seinem Zimmer. Harriet warf sich auf das Bett. Sie schloß nicht ab, sie hatte keine Angst mehr vor Detlef Schmidt. Die Zeiten waren vorbei. Endgültig.

Sie hörte durch die dünne Wand Johannes hantieren. Ein seltsamer Schauer lief ihr bei dem Gedanken herunter, er könne einfach hereinkommen und die Tür schließen. Doch er kam nicht. Er hockte über Blättern, Scheiße, Erde, Abfall, Getier und Blechteilchen. Er schlief in dieser Nacht nicht eine Minute. Nur einmal verließ er seine Arbeit, um sich bei Charlie noch eine Packung Zigaretten zu holen.

Als Harriet wach wurde, war es kurz nach sieben. Sie duschte und zog sich ein hellrotes Glockenkleid an. Die obersten Knöpfe ließ sie offen. Es war ihr Lieblingskleid. Sie mochte alles daran. Die weißen Knöpfe, die Abnäher an den Taschen, den luftigen Stoff. Sie sah vorteilhaft darin aus. Sie wußte es. Sie war guter Laune und summte vor sich hin. Nur mühevoll konnte sie ihre Haare mit der Bürste bändigen. Sie hörte, daß in Johannes’ Zimmer der Wasserhahn aufgedreht wurde. Es machte ihr Spaß, so nah neben ihm zu wohnen. Sie ging runter zum Frühstück.

Zwei Minuten später kam Johannes. Er hatte Ringe unter den Augen und sah übernächtigt aus. Harriet sah ihm an, daß er eine Entdeckung gemacht hatte, die ihn gar nicht erfreute. Im Gegenteil - er sah seltsam verstört aus.
"Guten Morgen."
"Guten Morgen! Ich habe schon ein Frühstück für dich mitbestellt. War das richtig?"
"Hm."

Charlie brachte den Kaffee. Harriet schlürfte den wohltuenden Coffeinfreien. Johannes rührte nachdenklich mit dem Löffel darin rum.

"Was hast du? Was stimmt mit dir nicht?"
Johannes sah auf. Er runzelte die Stirn. Harriet bot ihm in ihrem hellroten Kleid einen hübschen Anblick. Doch auch das konnte ihn nicht aufmuntern.
"Wenn das, was ich entdeckt habe, wirklich . . . dann . . . aber das wäre ja Wahnsinn! Man würde mich auslachen."

Er stotterte. Er ist überarbeitet, und er hat eine schreckliche Entdeckung gemacht, dachte Harriet, die Johannes noch nicht so nervös gesehen hatte.

"Willst du dich nicht ein Stündchen auf's Ohr hauen?"

Johannes schüttelte energisch den Kopf.
"Ich bin ein bißchen durcheinander. Aber ich muß

gleich in die Stadt, um im Institut die Proben genauer zu untersuchen. Wenn das stimmt, was ich vermute, steht uns eine Katastrophe bevor. Oder wir stecken schon richtig drin."
"Ja - aber was hast du denn entdeckt?"
"Sei lieb, frag' jetzt nicht."

Wie sie diese Worte haßte. Wieviel männliche Überheblichkeit darin lag!
Das sagte Vater immer zu Mutter, wenn er am Lohntag ohne einen Cent nach Hause kam, dachte sie. Zu gern hätte sie ihm jetzt Kontra gegeben, doch er tat ihr irgendwie leid - so zerknirscht - wie er vor ihr saß.

Johannes stand auf.
"Aber dein Frühstück?"
"Ich habe jetzt keine Zeit."

Er lief nach oben, holte den Koffer mit den Proben und verschwand.

Er hat nicht mal ein Auto, dachte Harriet. Sie trank ihren Kaffee. Ihre gute Laune war vergangen. Sie ärgerte sich schon nach ein paar Minuten, daß sie Johannes nicht zum Institut begleitet hatte. Hier gab es für sie nichts zu tun.

Plötzlich stieß ein aufgeregter älterer Mann die Tür auf. Er hatte verstümmelte Hände und seine Kleidung war schmutzig. Sein Kopf leuchtete feuerrot. Sein Atem ging schwer. Er hielt Charlie eine Zeitung hin und japste: "Da- da les!"

"Lies!" verbesserte Charlie und griff nach der Zeitung. Auf der ersten Seite sprang ihm ein erschrekkendes Bild an. Ein gealteter Mann in einem dreckigen Bett in verkrampfter Haltung - Sabber um den Mund - stierte aus wahnsinnigen Augen in die Ferne. Darüber stand in großen Lettern: "Das erste Opfer der Fliegenkrankheit".
"Mensch, das ist doch Nick! Das ist Nick Kück! Aber wie sieht der denn aus? Was haben die denn mit dem gemacht?"
"Lies nur! Lies nur!"

Der Mann fuchtelte mit seinen verstümmelten Händen in der Luft herum. Harriet stand auf und ging zu den Männern. Charlie begann laut zu lesen: "In einem Dorf, dessen Name zur Zeit noch geheimgehalten werden muß, tauchten in der letzten Zeit Fliegenschwärme von nie gesehenem Ausmaß auf. Sie überfielen Menschen und Tiere. Ihr plötzliches Auftauchen konnte wissenschaftlich noch nicht geklärt werden! Da die Fliegen eine noch unbekannte Krankheit auf den Menschen übertragen (Foto), wurden bereits Forderungen laut, das Dorf von der Außenwelt zu isolieren."
"Ja, aber - was soll das heißen? Von der Außenwelt isolieren?"
Harriet riß Charlie die Zeitung aus der Hand.
"He! Was wollen Sie mit meiner Zeitung?"

Harriet warf nur einen Blick auf das Titelblatt, dann gab sie Charlie die Zeitung zurück.

"Also doch", maulte sie, "Detlef Schmidt berichtet."

Sein Name stand groß auf der ersten Seite, da, wo er ihn immer sehen wollte.Aber was hatte das Bild zu bedeuten? "Fliegenkrankheit"? Was sollte das?
"Bob, ob wir Dr. Mauts mal anrufen und fragen, was Nick wirklich hat?"

Bob zuckte mit den Schultern.

"Schütt mir erst mal einen Schnaps ein. Den hab ich jetzt nötig."
"Kennen Sie diesen Nick Kück?" fragte Harriet.
"Kennen? Und ob!" sagte Bob überlaut. "Wir sind alte Kameraden. Jetzt wohnt er um die Ecke. Ich habe schon bei ihm geklingelt. Gleich nachdem die Zeitung kam. Es meldete sie aber niemand."
"Schon gut. Sie brauchen nicht so zu schreien."

Charlie stellte zwei Gläser auf den Tresen.

"Für mich bitte auch."
Charlie sah Harriet an.
"Am frühen Morgen?"
Wut kroch in Harriet hoch.
"Glauben Sie, daß Sie mehr vertragen können als ich? Oder wollen Sie angeben - oder was sollte die Frage?"
Charlie wurde rot. So etwas war ihm noch nicht passiert. "War nur gut gemeint", brummte er.

Harriet grabschte über die Theke nach der Zeitung.

Sie wollte den ganzen Artikel lesen. Während sie gespannt las, rückte Bob immer näher an sie heran.

"Was interessiert Sie denn so an der Sache? Sind Sie auch bei der Zeitung? Ich war dabei, als die Fliegen Nick angriffen. Ich bin auch von ihnen überfallen worden. Da muß mal einer was gegen tun. Das sollten Sie mal schreiben."

Harriet verspürte eine eisige Wut auf Schmidt. Dieser Artikel war die reinste Panikmasche. Aber das war ihm egal. Hauptsache, die Kasse stimmte. Schlauerweise verschwieg er den Namen des Dorfes. Dadurch wurde die Sache für den Leser noch undurchsichtiger, und Schmidt war für die nächste Zeit vor anderen Journalisten sicher. Er schrieb exklusiv über diese Sensation. Das machte ihn nicht nur für seine Zeitung zu einem wichtigen Mann. Bald würde man sich um ihn reißen.

"Das interessiert Sie wohl nicht?" fragte Bob.
"Wie?"

Er riß Harriet aus ihren Gedanken.

"Ich sagte, es interessiert Sie wohl nicht, daß ich auch dabei war."

Harriet kippte ihren Schnaps.

"Können Sie mich zu diesem Mann bringen?"
"Ja, das könnte ich schon, aber Nick ist nicht mehr da."
"Vielleicht hat man ihn ins Krankenhaus gebracht?"

“Das ist eine Idee. Aber in welches?”
“Das müßte Dr. Mauts wissen.”

Harriet sah Charlie an.
“Darf ich mal telefonieren?”
“Meinetwegen. Die Nummer von Mauts steht auf dem Telefonbuch. Die rote Nummer.”

Harriet ging hinter die Theke und wählte hastig die Nummer von Dr. Mauts. Sie mußte mehr über diese “Fliegenkrankheit” erfahren. Schließlich konnte es gut möglich sein, daß Detlef Schmidt diese Krankheit nur erfunden hatte, um seinen Artikel interessant zu machen. Zugetraut hätte sie es ihm.
“Ja, hier Dr. Mauts.”
“Guten Morgen. Sie haben moch vor zwei Tagen behandelt, nachdem ich von den Fliegen angegriffen wurde. Sagen Sie, was hat dieser Zeitungsartikel zu bedeuten. Haben Sie die “Fliegenkrankheit” festgestellt?”
“Ich? Ja, ich glaube, da hat dieser Journalist ein wenig phantasiert. Zugegeben, ich sagte vielleicht, daß diese Fliegen Krankheiten übertragen können, aber von einer ausgesprochenen Fliegenkrankheit war nicht die Rede.”
“Aber dieses Foto. Was hat der Mann denn?”
“Ich weiß nicht genau. Fieberanfälle. Ich habe ihn ins Krankenhaus einweisen lassen.”
“Danke, danke”, sagte Harriet und wollte den Hörer sinken lassen.”
“Hallo, sind Sie noch da? Ich bin vor ein paar Minuten schon einmal angerufen worden. Man fragte nach einem Impfstoff gegen diese Krank-

heit. Aber so etwas gibt es natürlich nicht."
"Ja, ja, schon gut. Danke." Harriet legte auf.
"Von den Scheißviechern ist nichts mehr zu sehen. Noch vor kurzem hattest du ganze Schwärme unter der Decke hängen, und jetzt nicht eine."

Charlie machte wie immer ein brummiges Gesicht.

"Hier ist es eben sauber. Und dann halten die sich nicht lange."

Bob lachte.

Harriet ging vor die Tür.

Da bahnt sich eine böse Sache an, dachte sie.

Sie wurde das Gefühl nicht los, daß man gar nicht mehr daran interessiert war, das Fliegenproblem zu lösen, sondern daß es nur noch darum ging, eine Sensation so lange wie möglich auszukosten. Am Ende der Straße sah Harriet ein paar Leute mit weißen Kitteln. Biologen. Umweltschützler. Sie ging auf die Leute zu. Sie waren Männer zwischen vierzig und fünfundzwanzig. Harriet erregte ihr Aufsehen. Sie hatte es nicht nötig, die Männer anzusprechen. Sie wurde angesprochen. Allerdings anders, als ihr lieb war.

Sie schluckte den Anflug von Zorn herunter, trat näher heran, bemühte sich anzügliche Bemerkungen zu überhören und fragte: "Was suchen Sie?"
"Öl!" lachte einer.

“Haben Sie schon den Artikel in der Zeitung gelesen?”
“Ja. Fragt sich, welcher Schmierfink das war. Der tut gerade so, als könnte man hier vor lauter Fliegen seine Hand nicht vor den Augen sehen. Dabei suchen wir seit zwei Tagen nach den Viechern. Langsam glaube ich, man will uns auf die Schippe nehmen.”

Harriet überlegte, ob sie den Männern sagen sollte, daß sie auf dem Müllplatz so viele Fliegen finden konnten, wie sie wollten. Wahrscheinlich wäre Johannes dann sauer. Schließlich wollte er mit der Entdeckung auftrumpfen. Sie zog es vor, zu schweigen.

Plötzlich hörte man vom anderen Ende der Straße Lärm. Schreie. Aufheulende Motoren. Verwirrt blickten die Männer sich an.
“Das kommt vom Schwimmbad!”
“Was ist denn da los?”
“Fliegen, Fliegen!”

Wie auf ein Kommando stürzten die Biologen vorwärts.
Harriet folgte ihnen. Sie hatte ein mieses Gefühl dabei, doch sie folgte ihnen.

Ein Rauschen ließ die Luft vibrieren. Einer der Biologen blieb stehen und sah sich nach einem Flugzeug um. Aber das Geräusch wurde nicht von einem Flugzeug erzeugt, Das Rauschen und Brummen wurde lauter. Vermischt mit den Schreien hörte es sich an, als würde das Dorf bombardiert. Nur die Detonationen fehlten.

Ein Schauer kroch in Harriet hoch. Menschen - vor Angst brüllend - rannten aus dem Schwimmbad. Sie waren kaum bekleidet. Sie liefen um ihr Leben. Einige Leute trugen kleine Kinder. Eine Frau mit einem Baby auf dem Arm stürzte. Niemand beachtete sie. Das Summen und Brummen in der Luft schien alle Menschen wahnsinnig zu machen. Plötzlich schrie Harriet auf! Über der Badeanstalt bewegte sich ein gigantischer Turm. Darin brodelte es. Der Turm bestand aus Millionen kleiner schwarzer Fliegen. Seine Spitze senkte und hob sich. In panischer Angst flohen die Menschen vor den Fliegen.

"Da!" schrie einer der Biologen. "Sie greifen nur schwarmweise an. Sie sitzen alle auf einem Haufen."

Wer unter diesen Fliegenberg gerät, ist geliefert, dachte Harriet.

Sie stand wie angewurzelt. Auch einige der Biologen blieben ängstlich stehen. Doch zwei Männer liefen weiter auf die Badeanstalt zu.
"Die sind wahnsinnig!" rief einer, als er die Biologen in ihren weißen Kitteln über die Schwimmbadmauer klettern sah.
"Die laufen direkt in ihr Verderben."

Mehrere Kinder stürmten weinend und schreiend an Harriet vorbei.

“Wir müssen sie zurückholen!” schrie einer der Biologen und rannte los. Die beiden anderen waren schon hinter dem Zaun verschwunden. Harriet rang nach Luft.

Der Turm schwebte etwa einen Meter über den Boden. Offenbar scheuten sich die Fliegen, aus dem Verband auszubrechen. Dicht, aneinandergedrängt erweckten sie den Eindruck, eine zähe, zusammenhängende Masse zu sein. Langsam schwebten sie wie ein riesiges Monster daher. Einer der Biologen blieb gespannt stehen.

“Das gibt es doch nicht. Das darf es doch nicht geben!” schrie er.
Sein Kollege wagte sich zu nahe an die Fliegen. Plötzlich spuckte der Turm einen Fliegenschwarm aus.
Schwirrend raste die Masse auf den wehrlosen Mann zu. Wie winzige Steine prasselten die Fliegen auf ihn. Er schrie und schlug um sich, doch die Lawine drückte ihn nieder, begrub ihn unter sich, erstickte seine Schreie.
Sein Kollege verlor fast den Verstand. Er rannte weg und schlug dabei cholerisch um sich.

Plötzlich löste sich der Fliegenturm auf, und fünf, sechs Rudel verteilten sich über das ganze Schwimmbad.
Harriet ergriff die Flucht. Sie hielt es einfach nicht mehr aus. Unterwegs verlor sie einen Schuh. Sie ließ auch den anderen liegen und hetzte weiter. Barfuß kam sie schneller vorwärts, aber sie schlug sich die Füße auf.

Zwei Fliegenschwärme schwebten über der rennenden Menge. “Sie verfolgen uns! Die sind schneller als wir!”
Einige Leute, die, durch den Laräm angelockt, aus den umliegenden Häusern kamen, verschwanden schnell wieder. Krachend sausten ihre Rolladen herunter. Ein Bauer kam herausgelaufen. Er hielt eine Schrotflinte in der Hand und ballerte auf die Fliegen.
Die Menschen drehen durch. Sie drehen einfach durch, dachte Harriet.
Schon sah sie Charlies Kneipe. Auch dort zog man die Rolladen runter. Der Anblick des Hauses beschleunigte Harriets Schritte. Schon aus einiger Entfernung schrie sie: “Aufmachen! Aufmachen! Ich bin es!”
Doch dann stand sie vor der verschlossenen Tür, “Aufmachen! Seid ihr denn alle wahnsinnig geworden? Die Fliegen kommen! Aufmachen!”

Harriet spürte, daß Charlie hinter der Tür stand und mit seiner Angst kämpfte. Sie schlug mit ihren Fäusten gegen die Tür.
“Mach auf! Willst du mich umbringen? Mach auf, du feiges Schwein!”
Es war sinnlos. Die Fliegen schwirrten jetzt direkt über der Kneipe. In ihrer Angst rannte Harriet zum nächsten Haus und klopfte an.
“Hilfe! Hilfe!”

Harriet erkannte den Mann, der ihr die Tür öffnete, nicht sofort. Er zog sie in die Wohnung und stieß die Tür wieder zu. Harriet lehnte sich keuchend an die Wand.

“Danke. Danke. - Haben Sie die Fenster zu?”
“Natürlich. Setzen Sie sich. Soll ich Ihnen einen Schnaps einschütten?”

Harriet nickte kraftlos. Dann erst wurde ihr bewußt, daß sie in Heinos Wohnung war. Heino, der besoffene Sänger, der in Charlies Kneipe nach ihren Knien gefingert hatte. Das sollte er nicht noch einmal wagen!

Heino brachte Kirchwasser. Harriet ließ sich im Wohnzimmer in einen Sessel fallen.
“Ich kann nicht mehr.”
Heino stellte den Schnaps auf den Tisch.
“Ihre Füße bluten ja.”
Harriet nickte: “Ich habe sie mir beim Laufen aufgerissen.”

Heino verließ den Raum für ein paar Minuten. Harriet kippte das scharfe Getränk runter. Sie sah sich in der Wohnung um. Das Zimmer war mit Mahagonimöbeln eingerichtet. An einer Wand hing über der Couch ein kostbarer Teppich. Doch Harriet war viel zu nervös, um ihn zu beachten.

Heino kam wieder. Er hielt Pflaster in der Hand. Dankend nahm Harriet es ihm ab. Sie verband ihre schmerzenden Füße lieber selbst.

“Noch einen?” fragte Heino und nahm das Glas weg.
“Nein, danke.”

Plötzlich war es, als würde ein Flugzeug vor dem Haus landen. Ein schreckliches Brummen lähmte für einen Augenblick alles andere. Hilflos blickte Heino zu Harriet. Schon klatschten die Fliegen gegen die Fensterscheiben. Als schleimige, schwarze Punkte blieben sie daran kleben.
"Lassen Sie die Rolladen herunter!"
"Ja!" schrie Heino, um sich Mut zu machen. Doch er zögerte, sich den Scheiben zu nähern. Eine unbestimmte Angst hielt ihn ab.

Man konnte nicht mehr durch die Fenster sehen. Die Fliegenmasse verklebte alles. Das Brummen zerrte an den Nerven. Harriet hielt sich die Ohren zu. In dem Moment brachen die Fensterscheiben. Glasscherben klirrten in das Zimmer. Mit ihnen schwirrten die Fliegen herein. Sie besetzten den Vorhang, die Gardinen, den Teppich und bewegten sich langsam auf Harriet und Heino zu. Harriet befürchtete, jeden Moment in Ohnmacht zu fallen, bunte Punkte tanzten vor ihren Augen.

Heino stürzte aus dem Wohnzimmer in die Küche. Harriet folgte ihm. Heino riß einen Schrank auf und kramte einen Feuerlöscher hervor. Mit einem Ruck drückte er den Sicherheitsknopf runter und rannte mit dem Löschgerät in das Wohnzimmer. Harriet folgte ihm. Sie blieb dicht hinter ihm stehen, als er den scharfen Strahl des Feuerlöschers auf die Fliegen richtete. Sie blieben in dem weißen Schaum kleben. Heino erwischte einen Haufen an der Wand und auf dem Teppich.

Durch das offene Fenster schwärmten immer mehr Fliegen in den Raum. Es wimmelte überall davon. Heino richtete einen Strahl auf das Fenster. An den noch vorstehenden Glasscherben klatschte der Schaum herunter. Auf dem Teppich wurde daraus eine brodelnde Masse, in der einige kleine Fliegen um ihr Leben kämpften. Mit ihren schnellen Flügeln quirlten sie durch den zähen Schaum, bis sie herausgischten.

Harriet hielt sich die Hände vor die Augen. Sie konnte dieses eklige Schauspiel nicht mehr ertragen. Jetzt griffen die Fliegen Heino an. Er schleuderte den Feuerlöscher in das Wohnzimmer und schlug die Tür zu. Nur wenige Fliegen waren noch durch die offene Tür gelangt. Heino schlug nach ihnen. Doch er wirbelte sie nur durcheinander. Er drängte Harriet ins Schlafzimmer, stellte einen Nachttisch vor die Tür und ließ die Rolladen runter.
"Oh Gott, das ist ja schrecklich. Ich halte das nicht aus."
"Hier sind wir auch nicht sicher. Wir müßten meinen Wagen erreichen. Wir müssen raus aus diesem Hexenkessel."
Harriet bemühte sich, tief durchzuatmen und die Nerven zu behalten.
"Wo steht Ihr Wagen?"
"Auf dem Hof."
"Kann man das schaffen?"
"Ich weiß nicht. Es sind mindestens zwanzig Meter."
"Dann schaffen Sie es nie."

Heino öffnete den Schlafzimmerschrank. Er kramte unter der Wäsche einen Revolver hervor.

Harriet lachte hart.

“Was wollen Sie denn damit? Wenn Sie mit jedem Schuß zehn Fliegen töten, brauchen Sie ein paar Millionen Kugeln. Wieviel haben Sie?”

“Sechs.”
“Also lassen Sie den Blödsinn. Wir warten besser, bis man uns hilft.”
“Wer soll uns denn helfen?”
“Weiß ich nicht. Verdammt, fragen Sie nicht so blöd!”

Harriet stand an die Wand gelehnt da und beobachtete Heino, er warf den Revolver auf den Nachttisch und ließ sich schwer auf das Bett sinken.

Ob er verheiratet ist? Hier steht ein Doppelbett. Wo mag seine Frau sein? dachte Harriet und wunderte sich über die Banalität ihrer Gedanken angesichts ihrer üblen Lage.

Plötzlich schlug Heino seine Fäuste gegeneinander. “Verflucht! Ich war drei Jahre lang Boxer. Ich habe doch vor ein paar Fliegen keine Angst. Wenn das einer hört, der lacht sich schief. Bin ich denn ein Mann oder ein Hampelmann?”

Harriet kannte diese Worte. Nur ein Mann konnte solchen Unsinn reden.
“Spielen Sie nicht den Helden.”

“Quatsch. Ich hole jetzt den Wagen und fahre ihn vor die Tür. Sie warten so lange hier. Wenn ich vor der Tür stehe, hupe ich. Dann kommen Sie raus, und wir fahren weg, bis der Spuk hier vorbei ist.”
Heino machte die Tür frei. Er stellte den Nachttisch weg, nahm den Revolver und ging raus.
“Das ist idiotisch! Idiotisch!” rief Harriet.
Aber Heino hörte sie schon nicht mehr. Harriet schlug die Tür zu. Sie stellte einen Stuhl davor. Dann setzte sie sich auf das Bett und wartete. Zäh verstrichen die Sekunden. Harriet hatte das Gefühl, die Zeit bliebe stehen. Sie zitterte.

Plötzlich hörte sie einen Schuß, dann noch einen und einen fürchterlichen Schrei. Der Schrei drang nur schwer durch das Brummen.

So schreien Menschen in Todesangst, dachte Harriet. Sie ärgerte sich über diesen unvernünftigen Mann. Doch sie konnte ihm jetzt nicht helfen. Niemand konnte ihm jetzt helfen. Harriet war allein. Fast fürchtete sie sich mehr vor der Einsamkeit in diesem fremden Schlafzimmer als vor den Fliegen. Von Heino hörte man jetzt keinen Ton mehr. Die Fliegen begruben ihn unter sich.

Denk an etwas Anderes. Du mußt an etwas Anderes denken, sonst macht die Angst dich wahnsinnig. Der Tag im Schwimmbad mit Johannes. Ja, Johannes - Was mochte er entdeckt haben? Ob er die Lösung wußte . . .

Ohne es zu wollen, begann Harriet zu weinen. Die Zeit verstrich. Die quälende Ungewißheit. Wurde das Brummen leiser, oder gewöhnte sie sich nur daran? Sie konnte kaum noch einen klaren Gedanken fassen. Alles verschwamm in ihrem Kopf zu einem Gemisch von Wunsch und Wirklichkeit.

Dann verschwand das Brummen. Einige Zeit später wurden Stimmen laut. Noch immer wartete Harriet im Schlafzimmer. Sie traute sich nicht raus. Sie wußte, daß es Unsinn war. Die Fliegen waren weg. Aber sie fürchtete sich. Als sie nach einer Viertelstunde dann doch vorsichtig aus dem Zimmer ging, durch den Flur huschte und die Wohnungstür einen Spalt öffnete, sah sie, daß man Heino wegtrug.

In Charlies Kneipe lagen sechs Opfer der Fliegen. Zwei Bademeister hatten sie dorthin geschleppt. Sie warteten auf einen Arzt. Auch zwei Biologen waren dabei. Alle sahen aus, als seien sie von einer Hautkrankheit befallen. Ihre Gesichter erinnerten an Fotos napalmverbrannter Kinder. Niemand trat näher an sie heran als eben nötig. Die Angst vor der Fliegenkrankheit lagen über den Menschen. Dr. Mauts kam mit dem Wagen. Verwirrt sah er das Chaos.

Als Harriet die Kneipe betrat, ging sie zielstrebig auf Charlie zu. Erschrocken blieb er stehen.
“Was wollen Sie?”
Mit aller Kraft schlug Harriet ihn mitten ins Gesicht. Verwirrt steckte Charlie die Ohrfeige ein. Harriet holte zu einem zweiten Schlag aus, doch

Charlie hielt ihr die Hände fest.
"Sind Sie wahnsinnig?" keifte er.
Harriet trat ihn.
"Du Schwein hättest mich verrecken lassen! Du feiges Miststück."

Charlie ließ Harriet los. Er wich unbeholfen ihren Tritten aus. Ein Bademeister hinderte Harriet daran, Charlie zu verprügeln. Er hielt ihr die Arme auf dem Rücken fest und gab ihr keine Möglichkeit, sich zu befreien. Harriet schimpfte amerikanisch und deutsch.
Charlie verkroch sich hinter der Theke.
"Die ist schlimmer als ein besoffener Seemann!" fauchte er.
"Nun machen Sie aber mal halblang! Sie können doch jetzt nicht . . ."

Harriet biß um sich. Der Bademeister konnte sie kaum noch halten.
"Warum hilft mir denn keiner?" Ich werde mit dem Früchtchen nicht mehr fertig!" rief er zu den anderen rüber.

"Früchtchen" hätte er besser nicht gesagt, denn jetzt wurde Harriet wild. Sie trat nach hinten und traf den Bademeister an seiner empfindlichsten Stelle. Laut brüllend ließ er Harriet los. Gekrümmt hüpfte er jammernd durch den Raum. Mit den Händen hielt er die schmerzende Stelle. Harriet lachte laut. Dann nahm sie sich den Schlüssel und ging auf ihr Zimmer.

Charlie war baff. Kaum knallte die Tür hinter

Harriet zu, schrie er: "Die schmeiß ich raus! Die laß' ich doch nicht in meinem Gasthof wohnen!"
Er rannte rauf und rief: "Machen Sie auf! Das Zimmer ist von jetzt an belegt. Sie dürfen sich einen anderen Gasthof suchen."
Charlies Stimme überschlug sich. Er rüttelte an der Tür.
"Abgeschlossen. Abgeschlossen!" keuchte er. "In meinem eigenen Haus darf ich, darf ich . . . Ich werde . . ."
"Komm Charlie, laß sie. Wir haben jetzt andere Sorgen. Hilf uns, die Leute in den Lieferwagen zu schaffen. Wir müssen Sie zum Krankenhaus fahren. Wir können jetzt nicht länger warten."
"Ich?"
"Ja, guck nicht so dumm! Faß mit an!"

Charlie ekelte sich vor den Leuten. Ihre Haut sah schrumpelig, verbrannt aus. Sie hatten noch tote Fliegen in den Haaren kleben.

Emmy brachte ihnen Wasser. Sie waren so verängstigt, so schockiert, daß sie ihre Bewegungen kaum unter Kontrolle hatten. Sie verschütteten Wasser. Aus fast jedem Mund rann Speichel. Einer der Biologen lag noch bewußtlos da. Dr. Mauts konnte sich nicht um alle gleichzeitig kümmern. Man legte die Beine der Fliegenopfer hoch, um dem Schock entgegenzuwirken. Viel mehr konnte man noch nicht tun.

Harriet blieb in ihrem Zimmer und ließ niemanden zu sich. Alles kam ihr so unwirklich vor, sie weigerte sich, die Vorgänge als Realität anzusehen. Was hier vorging glich einem riesigen Filmspektakel. Einem Horrorfilm miesester Machart.

Harriet warf sich lang aufs Bett und stierte zur Decke. Gedanken an einen Weltuntergang machten sich in ihrem Kopf breit. Ihr Magen krampfte sich zusammen. Galle kam ihr hoch. Sie sprang auf und rannte ins Badezimmer, gebeugt stand sie vor der Toilette und würgte, doch nichts kam raus. Nur das flaue Gefühl im Magen blieb.

7. Kapitel

Als Johannes vom Institut ins Dorf zurückkam, spürte er seine Füße nicht mehr. Er ließ seine Jacke lässig über die Schulter hängen. Sein durchgeschwitztes Hemd stand offen. Er hatte den falschen Bus erwischt. Die letzten zwei Kilometer mußte er laufen. Langsam trottete er voran. Seine Kehle war ausgedörrt. Er hatte Lust, sich zu besaufen, wie immer - wenn ein Problem vor ihm lag, das er nicht bewältigen konnte. Er schwankte zwischen Selbstmitleid und zerstörerischer Wut.
Alles kaputtschlagen .....

Johannes rieb sich die Stirn. Die letzten Stunden waren zuviel für ihn. Er konnte seine schreckliche Entdeckung den Idioten am Institut nicht begreiflich machen. Das ging über ihren Horizont. Sie hörten nicht einmal zu. Vielleicht hätte er sie zwingen sollen, zuzuhören. Jetzt war es zu spät.

Ich habe versagt. Versagt. Ich habe eine Entdeckung gemacht, die die Welt aufrütteln könnte. Ja, die Tausenden das Leben retten könnte, aber man hörte mir nicht zu. Alles kaputtschlagen . . . und dann?
Er fluchte laut. Gab es denn niemanden, der ihm zuhören wollte. Er mußte Harriet sprechen.

Lärm drang aus der Kneipe. Alkoholbenebelte Geister erhitzten sich über die Ereignisse der vergangenen Stunden. Laut aufgedreht spuckte das Radio Nachrichten in den verrauchten Raum. Nichts von den Fliegen. Für den Nachrichtensprecher schien es sie nicht zu geben.

Johannes bedauerte diese Menschen für einen Augenblick. Sie begriffen nicht, was um sie herum passierte; Sie konnten es nicht begreifen. Was, wenn er jetzt auf einen Stuhl steigen würde und den Menschen hier erklärte, was wirklich vorging? Ja, wenn er ihnen sogar sagte, wie lange sie voraussichtlich noch zu leben hätten, ob sie über ihn lachen würden? Oder nur den Kopf schütteln? Er hatte nicht den Mut, es auszuprobieren.

Emmy stand hinter der Theke und zapfte Bier.
“Wo ist Harriet?”
“Auf ihrem Zimmer.”
“Danke.”

Johannes stieg die Treppen herauf. Vor Harriets Tür wischte er sich einmal durch die Haare und sah nach unten. Warum hatte Emmy so seltsam geguckt? Und warum war sie so kurz angebunden? Er klopfte.

"Hauen Sie ab! Ich mach' nicht auf. Rufen Sie doch die Polizei, Sie, Sie . . ." keifte eine Stimme.

Johannes erschrak.
"Harriet? Ich bin es. Johannes!"

Er hörte hastige Schritte hinter der Tür. Etwas raschelte. Dann öffnete Harriet die Tür. Sie sah müde aus. Müde und verheult. Ihr Gesicht war wieder aufgedunsen wie nach der Nacht, in der Schmidt sie geprügelt hatte.

"Ich wußte nicht, daß du . . ." Sie verschluckte die Worte. Tränen schossen ihr aus den Augen. Sie zog Johannes zu sich herein. Rasch schloß sie die Tür wieder.
"Harriet - was ist denn los?"
Sie schlang die Arme um ihn und drückte sich an ihn. Sie standen eine ganze Weile so, ohne daß sie etwas sagten. Johannes stand unbequem. Doch er wagte nicht, es zu sagen. Etwas Beklemmendes lag in der Luft. Johannes hätte zu gerne das Fenster geöffnet. Doch Harriet lockerte ihre Umarmung nicht. Johannes versuchte sich unmerklich zu befreien.

"Was hast du denn. Warum weinst du?"
Harriet ließ ihn los.
"Weißt du nicht, was hier passiert ist?"
"Nein, ich habe keine Ahnung."

Sie setzten sich auf das Bett.
"Komm, rauch erst eine!"
"Ja. Hast du Feur?"
Stumm reichte Johannes ihr die Zigaretten und gab Feur. Still rauchten sie vor sich hin, jeder mit seinem eigenen Problem beschäftigt. Dann begann Harriet zu erzählen. Johannes versuchte sich auf ihre Worte zu konzentrieren. Doch vieles von dem Wortschwall rann an ihm vorbei. Er war innerlich verschüttet. Er hatte zuviel Ungeheuerliches erlebt, um noch erstaunt oder gar schockiert zu sein. Nur Harriet gequältes Gesicht brannte seine Aufmerksamkeit für einen Augenblick.
Fast unbewußt legte er einen Arm um Harriet. Seine Finger spielten mit ihren Haaren. Sie rang sich ein Lächeln ab. Johannes blieb die ganze Nacht in diesem Zimmer mit den rosa Tapeten und dem viel zu weichen Bett. Harriet ließ ihn nicht gehen. Sie wollte jetzt nicht allein sein. Dreimal machte er den Versuch, mit ihr über seine Entdeckung zu reden, doch es gelang ihm nicht.

Fast stumm verbrachten sie die Nacht nebeneinander, ohne sich auszuziehen. Still dämmerten sie dem Morgen entgegen. Nur ab und zu störte ein vorbeifahrendes Auto die Ruhe in ihrem Zimmer.

8. Kapitel

Am nächsten Morgen war das Dorf wie leergefegt. Die meisten Bewohner hatten das Dorf noch in der Nacht verlassen. Nur einige Bauer waren geblieben, weil sie ihr Vieh nicht allein lassen konnten.

Johannes lehnte sich aus dem Fenster. Er atmete tief durch und schaute fast gleichgültig auf die leere Landstraße. “Die Ratten haben das sinkende Schiff verlassen”, brummte er.

Harriet reckte sich auf dem Bett und gähnte.
“Was sagst du?”
“Die meisten Garagen stehen jetzt leer.”
“Warum?”
“Weil die Fliegen die Leute vertrieben haben. Würde mich gar nicht wundern, wenn wir jetzt allein im Hotel sind.”
“Hotel?” spottete Harriet.
“Vielleicht ist es besser so. Die Menschen flohen zwar vor den Fliegen, aber vielleicht retten die Fliegen so vielen das Leben.”

Harriet stand auf. Ihre Muskeln waren steif. Sie verstand nicht ganz, was Johannes sagte, doch sie ärgerte sich. Ärgerte sich, weil sie ihn nicht nach seiner Entdeckung gefragt hatte.
Meine Probleme beschäftigen mich zu sehr. Ich vergaß seine Entdeckung völlig, dachte sie.
Sie strich sich die Haare aus der Stirn.

“Warum retten die Fliegen vielen das Leben? Ich dachte, die Fliegen gefährden unser Leben. Oder spinn ich? Die Fliegen retten nicht, sie vernichten, zerstören, machen die Menschen krank, ach, was sag’ ich? Krank? Wahnsinnig! Und du sagst, sie retten vielen das Leben. Deine Art Humor ist zu hoch für mich."

"Weil die Fliegen die Leute forttreiben und sie so daran hindern, giftiges Wasser zu trinken und giftiges Fleisch zu essen", antwortete Johannes.
"Wie? Das verstehe ich nicht."
"Das wirst du aber gleich verstehen. Sämtliche Proben, die ich auf dem Müllplatz einsammelte, weisen hochgradigen Giftstoff auf. Der Stoff ist ein Abfallprodukt, das bei der Herstellung von chemischen Pflanzenschutzmitteln entsteht. Es zerstört die Pflanzen nicht. Im Gegenteil, es beschleunigt ihr Wachstum."

"Aber was ist dann schlimm daran?"

Johannes kratzte sich hinter den Ohren. Seine Stirn warf Falten. Harriet sah, daß er schwitzte. Brach bei ihm der Rechtfertigungsschweiß aus? War seine Entdeckung vielleicht nur eine vage Vermutung?

"Ja, wenn meine Theorie stimmt, wirkt dieser Stoff auf den Menschen tödlich. Genauer gesagt, er lähmt, oder er verändert die Gehirnzellen. Über die Ablagerung dieses Stoffes gibt es Gesetze. Den kann man nicht einfach irgendwo hinkippen - wie - wie Jauche oder was. Genauso könnte einer Napalmbomben in Kaufhäuser legen oder LSD ins Trinkwasser kippen."

"Moment mal! Es ist also gesetzlich vorgeschrie-

ben, was mit diesem Abfallprodukt zu geschehen hat?"
"Ja. Das heißt, so auch wieder nicht. Es gibt Vorschriften für seine Aufbewahrung, denn schließlich handelt es sich um einen für den Menschen gefährlichen Giftstoff."
Nervös suchte Harriet nach ihren Zigaretten.

"Das würde also bedeuten, daß irgend jemand diesen Stoff unerlaubt hier in der Nähe lagert und damit Menschen und Tiere in Gefahr bringt."

"Ja. Stell dir nur vor, das Gras wächst auf giftigem Boden, die Kühe fressen giftiges Gras, die Kinder trinken giftige Milch. Wir essen giftiges Fleisch. Ja, wir atmen giftige Luft."

Harriet ging aufgeregt hin und her. Hastig zog sie an einer zerknitterten Zigarette. Plötzlich blieb sie stehen.
"Kannst du das beweisen?"
"Mißtrauisch?"
Harriet sah hilflos aus. Sie zuckte mit den Schultern.
"Das Gift läßt sich in allen Proben nachweisen. Sogar in den Fliegen."
"In den Fliegen?"
"Ja. Wahrscheinlich sind die weißen Punkte auf ihren Flügeln durch das Gift zu erklären."

Harriet schüttelte ungläubig den Kopf. Johannes wußte nicht recht, ob er froh sein sollte, ihr seine Entdeckung endlich mitgeteilt zu haben, oder ob es besser gewesen wäre, zu schweigen.

“Du glaubts mir wohl auch nicht?”
“Doch . . . aber, aber was sagen denn deine Kollegen dazu?”
Johannes schluckte. Verlegen sah er vor sich hin.

“Sie haben gelacht.”
“Gelacht?”
“Ja, viehisch gelacht. Sie hielten es für einen Scherz.”
“Wenn alles stimmt, was du sagst, dann ist auch das Grundwasser gefährdet. Somit auch die benachbarten Dörfer - vielleicht gar Städte.”
“Du hast es erfaßt. Aber solange ich alleine davon weiß, können wir gar nichts tun.”

Ein lautes Klopfen ließ Harriet hochfahren.

Sie brauste auf: “Wenn dieser verdammte Wirt wieder . . .”
“Bitte machen Sie auf! Schnell!” zeterte draußen eine Frauenstimme.
Harriet öffnete. Emmy stand völlig aufgelöst vor der Tür.
“Bitte helfen Sie mir. Mein Mann! Mein Mann! Ich weiß gar nicht, was ich tun soll!” stammelte sie.
Laut klirrte es unten. Johannes ging sofort mit Emmy. “Er muß durchgedreht sein. Er schlägt alles kaputt.”

Emmy drängte Johannes in die Küche.

Nur mit einem Unterhemd bekleidet zertrümmerte Charlie dort alles, was er zu fassen bekam. Speichel rann aus seinem Mund. Seine Augen funkelten wie die eines wütenden Tieres. Seine Bewegungen waren hektisch. Sein Atem rasselte. Die Küche sah aus, als habe dort eine Saalschlacht stattgefunden. Zerschlagenes Geschirr lag auf dem Boden. Tisch und Stühle waren umgeworfen, ein Ofenrohr aus der Wand gerissen. Charlie schleuderte Bratpfannen und Töpfe gegen die Wand.
"Tun Sie doch etwas!" bettelte Emmy.
Jetzt kam auch Harriet unten an. Fassungslos stand sie da. Charlie warf die Brotmaschine durch das geschlossenen Fenster. Dann trat er wutentbrannt gegen einen Ofen. Er versuchte den Ofen umzustürzen.
Johannes fiel nichts Besseres ein. Er packte Charlie und schlug ihn nieder. Ein einziger Hieb genügte. Bewußtlos sackte Charlie zusammen. Johannes schleppte ihn aus der Küche. Emmy weinte hemmungslos. Sie war einem Nervenzusammenbruch nahe. Harriet nahm sich ihrer an. Sie führte sie zu einem Stuhl. Johannes legte Charlie vor die Theke.

"Sollen wir die Polizei rufen?"
"Ich glaube, hier kann nur ein Arzt helfen. Ein Nervenarzt."

Harriet versuchte Dr. Mauts zu erreichen. Während sie die Nummer wählte, fragte sie Johannes: "Sagtest du vorhin, dieser Stoff lähme die Gehirnzellen?"

Johannes nickte. Die Gefahr stand ihm erst jetzt wirklich vor den Augen.

Was würde passieren, wenn ein Autofahrer mitten im dichten Verkehr plötzlich so einen Anfall bekäme?

Nervös tänzelte Harriet vor dem Telefon herum, den Hörer fest gegen das Ohr gedrückt. Mit einer Hand kratzte sie sich ständig. Ein seltsamer Juckreiz schüttelte sie. Am liebsten hätte sie sich unter die kalte Dusche gestellt.

“Warum nimmt dieser Dr. Mauts nicht ab?” fragte sie.
“Vielleicht ist er bei einem Patienten.”

Emmy sagte nichts. Sie verschwand für ein paar Minuten und kam dann mit Kleidung zurück. Sie schien sich einigermaßen gefaßt zu haben. Langsam, traumwandlerisch bewegte sie sich, als gehörten ihre Arme und Beine gar nicht zu ihr.

Nur mühsam gelang es Johannes, Charlie die Hose überzuziehen. Charlie stöhnte und wälzte sich über den Boden. Ab und zu stieß er Johannes von sich, ohne dabei die Augen zu öffnen. Johannes brauchte seine ganze Kraft, um Charlie zu bändigen.

Vom Tresen aus beobachtete Harriet die gespenstische Szene. Es lief ihr heiß und kalt den Rücken herunter. Der Juckreiz wurde immer unerträglicher. Harriet bemerkte, daß ihre Hände zitterten. Sie mußte etwas tun! Irgendetwas. Sie blickte sich um. Dreimal verwählte sie sich, doch beim vierten Versuch klappte es endlich. Gespannt lauschte

Harriet in die Muschel. Doch außer dem rhytmischen Tuten war nur ein leises Rauschen zu hören. Dr. Mauts meldete sich nicht. Schweiß lief Harriet an den Schenkeln herunter. Sollte Dr. Mauts etwa auch das verdammte Dorf verlassen haben?

Du mußt dich beschäftigen. Du mußt jetzt etwas tun, sagte Harriet zu sich. Sie fürchtete, daß sie in wenigen Minuten einen Schrei- oder Weinkrampf bekommen würde, wenn sie weiter so nutzlos herumstände. Sie riß eine Zigarettenpackung auf, die auf der Theke lag. Doch ihre Hände zitterten so sehr, daß sie die Packung wieder sinken ließ. Es hatte keinen Zweck.

Plötzlich begann Charlie wieder zu schreien. Wild biß er um sich. Johannes hob die Hand. Er wollte ihn erneut niederschlagen.

“Nicht. Bitte nicht!” schrie Emmy.

Johannes sah sie an. Ihre Augen wurden wieder lebhafter. Sie hatte ihren Schock schon fast überwunden. Da biß Charlie Johannes in den Fuß. Sekunden später landete Johannes seine Faust in Charlies Gesicht. Die Wucht des Schlages ließ Charlies Hinterkopf hart auf den Boden prallen. Er öffnete die Augen, verdrehte sie und blieb kraftlos liegen.
Emmy zuckte zusammen.
“Sie dürfen ihn nicht so feste schlagen! Sie bringen ihn ja um!” wimmerte sie.

Johannes befühlte die Knöchel seiner Faust, sie waren von dem Schlag aufgesprungen. Er sah Harriet an der Theke stehen. Ihre Fingernägel gruben sich in das Holz eines Hockers.
Sie schwankte. Ihre Augen traten groß hervor.

"Harriet, du wirst doch jetzt nicht schlappmachen?" fragte Johannes eindringlich, denn er hatte das Gefühl, daß Harriet ihn gar nicht hörte. Sie war seltsam, wie weggetreten.
"Nein, nein. Nein! Ich werde nicht schlappmachen. Im Gegenteil!" Sie riß sich vom Hocker los und stürmte die Treppe hoch.
"Ich werde alles fotografieren! Ich werde alles aufnehmen!" rief sie, plötzlich von ungeheurer Geschäftigkeit gepackt.
Johannes schüttelte den Kopf. Harriet ließ die Tür offen. Sie hätte es nicht ertragen können, jetzt allein in einem abgeschlossenen Raum zu sein. Johannes hörte sie nach ihrem Fotoapparat kramen. Emmy stand ratlos vor ihm. Mit Tränen in den Augen öffnete sie ihren Mund und versuchte einen Laut zu formen. Es gelang ihr nicht. Die Stimmbänder versagten ihr den Dienst. Eine Träne rann über ihr Gesicht. Johannes überlegte, ob er sie wegwischen sollte, doch in der Rolle des großen Helden und Frauentrösters gefiel er sich im Moment nicht. Brüsk drehte er sich um und sagte: "Kann ich einen Schnaps haben?"

Emmy schluckte. Johannes schroffe Art nahm ihr die Unsicherheit, das Gefühl, sich bei einem Mann verkriechen zu müssen. Plötzlich glaubte sie, klarer zu denken. Sie sagte etwas, nur um zu sehen, ob sie wieder in der Lage war zu sprechen. Ihre Stimme bebte. Das ärgerte sie.

Harriet kam aus ihrem Zimmer. Sie fuchtelte mit den Armen in der Luft herum und fauchte: “Er hat den Apparat mitgehen lassen. Bestimmt, das kann nur Schmidt gewesen sein.”

“Klar, womit sollte er sonst die Bilder gemacht haben, die von diesem Nick in der Zeitung waren?”

Emmy wurde den Gedanken nicht los, daß ihr Mann und Nick die gleiche Krankheit hatten: die Fliegenkrankheit. Mit Schrecken dachte sie an den fürchterlichen Ausdruck in Nicks Augen. Auf dem Foto sah er aus wie ein Wahnsinniger. Wie lange würde es dauern, bis er auch soweit wäre? Emmy spürte, daß ihr schwindelig wurde. Sie konnte sich kaum noch auf den Beinen halten.

“Wir rufen doch wohl besser die Polizei. Die können ihn dann zu einem Arzt fahren.”

Harriet nickte. Sie ging zum Telefon. Hastig wählte sie drei Zahlen. Dann Warten. Emmy und Johannes starrten auf Harriets Lippen. Mit jeder Sekunde wuchs ihre Spannung. Charlie trommelte im Hintergrund mit den Fäusten auf dem Boden herum.

“Niemand meldet sich. Ich versteh’ das nicht. Die müssen doch immer zu erreichen sein. Die können uns doch nicht im Stich . . .”

“Leg auf, Harriet. Wir versuchen es gleich nochmal. Keine Angst, wir schaffen das schon.”
Johannes wollte sie durch seine Worte beruhigen, natürlich gelang es ihm nicht, denn er war selbst viel zu nervös.
“Habt ihr ein Auto? Ich könnte ihn dann in die Stadt fahren?” fragte er Emmy.
Sie schüttelte den Kopf.
“Ja, verdammt, hier wird doch ein Wagen aufzutreiben sein. Oder wollt ihr bis Weihnachten hier hocken? Soll ich schon einen Baum besorgen?” schrie Johannes plötzlich. Dann besann er sich. “Verzeiht. Ich . . . ich . . . ach Scheiße. Wir brauchen ein Auto.- Wenn dieser dämliche Schmidt wenigstens hier wäre!”
Harriet hatte eine Idee: “Der Sänger. Der Heino. Er wohnt direkt gegenüber. Der hat ein Auto.”
Sofort wollte Johannes nach draußen, doch kleinlaut sagte Harriet: “Er ist gestern von den Fliegen... vielleicht hat man ihn ins Krankenhaus . . .”

Emmy schüttelte den Kopf.

“Nein, den haben zwei Mann noch gestern wieder nach Hause gebracht. Weiß ich, weil die hier ein Bier getrunken haben. Waren Ärzte oder Biologen oder was?”
“Also los.”
Johannes trat aus dem Haus. Der Asphalt wurde von der Hitze weich, klebte zäh an den Schuhen.

Wie kann nur morgens schon solche Hitze entstehen? dachte Johannes. Er klopfte. Niemand öffnete. Er schellte, er rief. Da hörte er von innen ein gequältes Seufzen. Fast automatisch warf

Johannes sich gegen die Tür und versuchte, sie aufzustoßen. Er verstand sich selbst nicht.

Normalerweise überlegt man erst eine Weile, bevor man eine fremde Tür einschlägt. Man sieht sich nach offenen Fenstern um, wenn man überhaupt auf ein leises Stöhnen hinter einer Tür reagiert. Doch jetzt gab es für ihn nichts Selbstverständlicheres, als die Tür gewaltsam zu öffnen. Dabei war es durchaus möglich, daß im Haus nur eine Katze jaulte. Die Ausnahmesituation in diesem Dorf veränderte die Handlungsweisen der Menschen, ja veränderte ihr Denken. Alles war aus der Ordnung geraten. Nichts paßte mehr in sein altes Schema.

Die Tür brach. Johannes' Schulter schmerzte. Er trat vorsichtig ein. Ein Chaos bot sich ihm. Die Inneneinrichtung war ruiniert, Bilder von den Wänden gerissen, Möbel umgestürzt. Flaschen und Vasen zerschlagen. Die Gardinen heruntergerissen. Das Stöhnen kam aus dem Schlafzimmer.

Heino lag, am ganzen Körper zitternd, auf dem Boden. Er hatte sich in einem Bettvorleger eingewickelt. Die Matratzen lagen auf dem umgestürzten Schlafzimmerschrank. Das Bettgestell war zertrümmert. Johannes blickte in die Reste eines Frisierspiegels. Sein bleiches Gesicht machte ihn um Jahre älter. Er beugte sich zu Heino runter.

"Br . . . Bringen Sie mich hier weg!" stammelte Heino.
"Haben Sie einen Anfall gehabt?"

Heino nickte. Er zitterte immer noch.

Johannes sah seine blutigen zerschlagenen Hände.
"Haben Sie auch alles hier . . ."
Heino nickte. Er schluckte. Es bereitete ihm Schwierigkeiten zu sprechen.
"Durst?"
"J . . . j . . . aah."
"Am besten, ich bringe Sie rüber in Charlies Kneipe. Hier ist wohl doch nichts mehr heil. Können Sie gehen?"
"W . . . w . . . weiß . . . n . . . n . . ."
"Schon gut. Reden Sie besser nicht so viel. Ich bringe Sie rüber!"

Johannes zog Heino hoch. Er war zu schwer. Er konnte ihn nicht tragen, aber er stützte ihn. In schleppendem Schritt verließen sie die Wohnung. Sie schlossen die Tür nicht hinter sich. Es gab andere Sorgen. In der Wohnung war doch nichts mehr zu holen.
In der Kneipe wuschen sie Heino und gaben ihm Wasser.
"Wasser ist das Beste", meinte Harriet. Sie selbst zog allerdings Alkohol vor. Er half ihr, sich zusammenzureißen.

"Bitte bringen Sie mich zu einem Arzt. Ich kann nicht mehr."
"Wenn Sie mir Ihre Autoschlüssel geben, fahren wir sofort los."
"In meiner Jacke. Sie hängt an der Garderobe, glaub' ich . . ."

Johannes lief sofort ins Haus zurück. Charlie schien sich beruhigt zu haben. Sein Atem ging wieder regelmäßiger.

Johannes fand hinter der umgestürzten Garderobe die Jacke. Die Schlüssel steckten in der Tasche. Johannes spürte, daß der eiserne Panzer, der seine Brust zu zerdrücken drohte, zersprang.

Er hatte einen Wagen! Jetzt glaubte er den Problemen hier endlich wirksam entgegentreten zu können. Er hastete zurück in die Kneipe. Emmy wischte ihrem Mann mit einem nassen Lappen das Gesicht ab. Harriet verband Heino die Hände.

"Sie . . . Sie müssen uns fesseln . . ."
"Warum?"
"W . . . wenn wir im A . . . Auto einen Anfall . . ."
"Mein Gott, Johannes, er hat recht. Du mußt sie fesseln. Stell dir vor, daß einer von ihnen während der Fahrt . . ."
Johannes nickte.
"Wo haben wir Stricke?"
"Unter der Theke, neben dem Packpapier."

Johannes kramte nach den Stricken. Sie waren nicht gerade dick. Er zerrte daran. Zur Not müßte es gehen.

Harriet und Johannes fesselten die Männer. Sie banden ihnen die Hände auf dem Rücken zusammen.
"Nimmst du mich mit?" fragte Harriet.

Johannes schwieg. Er war zu sehr mit dem Verknoten der Bänder beschäftigt.
“Ich könnte dir sehr nützlich sein, wenn einer von ihnen . . .”
Johannes schüttelte den Kopf.
“Nein. Ich fahre allein! Weißt du, wo die Fliegen zur Zeit sind? Vielleicht fahren wir direkt auf sie zu?”
Harriet haßte diese Art zu reden.
Sie wandte sich ab.

Emmy half, die beiden Männer in den Wagen zu tragen. Sie setzten Heino auf den Rücksitz. Charlie war ohnmächtig. Heino schien sehr gefaßt und ruhig. Johannes ließ den Wagen an. Harriet lief aus dem Haus. Sie rannte auf den Wagen zu und klebte einen Kuß für Johannes an die Scheibe. Er lachte. Zeigte ihr sein Tiergebiß. Harriet war ihm nicht mehr böse. Trotzdem, diese Art mußte er sich abgewöhnen.

“Fahren Sie. Fahren Sie endlich los!” sagte Heino.

Seine Stimme hatte wieder einen festen Ton. Das beruhigte Johannes jedoch nicht. Er rechnete mit dem Schlimmsten. Der Wagen heulte auf. Ohne sich nach Harriet oder Emmy umzusehen, fuhr Johannes los. Er hielt das Steuer fest in der Hand. Schalten, Gas, Schalten.

Sie rasten an den leerstehenden Häusern vorbei. Hinter Johannes Rücken bewegte Charlie sich. Ein kalter Schauer schüttelte Johannes. Hoffentlich

würde Charlie ruhig bleiben. Mit Schrecken dachte Johannes an die verwüstete Wohnung. Der Anfall mußte in Heino ungeheuere Kräfte freigesetzt haben. Doch bei Charlie war davon nichts zu spüren. Vielleicht befand er sich noch im Anfangsstadium. Johannes merkte, daß sein Fuß auf dem Gaspedal zitterte. Charlie begann, mit den Zähnen zu knirschen.
"Beeilen Sie sich. Er zerrt an seinen Fesseln. Er..." Heinos Stimme wurde wieder brüchig.

Johannes drückte das Gaspedal durch. Nur mühsam hielt er den Wagen in den Kurven. Schreckliche Bilder huschten an ihm vorbei. Das Foto. Die zertrümmerten Möbel in Heinos Wohnung. Der umgestürzte Schlafzimmerschrank. Die lachenden Gesichter seiner Kollegen. Charlie, der sich am Boden wälzte. Emmy mit ihrem ausdruckslosen Gesicht. Die grellen Farben der vergifteten Proben unter dem Mikroskop.
Johannes wußte, daß er den Wagen bei dem Tempo nicht lange in der Gewalt halten konnte. Doch er mußte sich beeilen. Der Wagen schaukelte. Charlie begann zu brüllen. Heino schrie: "Er beißt mich. . . E . . . Er . . . Aaah"
Auf dem Rücksitz brach ein Gerangele aus. Charlie trat gegen den Vordersitz. Johannes wurde gegen das Steuer geschleudert.
"Seid ihr wahnsinnig, bei der Geschwindigkeit. . ." Heino jammerte. Aus seiner Schulter sickerte Blut. Wie ein wildes Tier biß Charlie erneut zu. "Ahhh ... h ... helfen Sie mir. I... Ich ... kann mich doch nicht wehren. Ich kann mich nicht . . ."

Johannes fuhr mit dem Oberkörper herum.

“Aufhören! Wollt ihr uns umbringen?”

Wie ein Hund schnappte Charlie nach Johannes; Heino brüllte um Hilfe. Johannes versuchte mit rechts Charlie und mit links das Steuer unter Kontrolle zu halten.

Er schaffte es nicht.

Der Wagen sauste in den Straßengraben. Zwei Räder standen in der Luft. Der Wagen lag schräg. Im Auto entbrannte ein verzweifelter Kampf. Johannes versuchte, Charlie von Heino zu trennen. Völlig wehrlos drückte Heino sich in eine Ecke des Wagens und war Charlies Bissen ausgesetzt. Johannes schlug nach Charlie. Zweimal traf er ihn mit der Faust am Kopf, doch im Auto war nicht genug Platz, um zu einem Schlag auszuholen, der Charlie kampfunfähig gemacht hätte.
In seiner Verzweiflung riß Johannes eine Tür auf und zerrte Heino aus dem Wagen. Heino taumelte. Er fiel auf die Straße. Charlie tobte im Wagen weiter.
Unschlüssig stand Johannes da. Dann hatte er eine Idee. Das Abschleppseil. Damit könnte er Charlie bändigen. Johannes half Heino auf.
“Haben Sie ein Abschleppseil?”
Heino nickte.
“Im Kofferraum?”

Heino nickte erneut. Er war nicht in der Lage,

auch nur einen Ton zu sagen. Johannes wollte ihm die Fesseln lösen, doch dann besann er sich im letzten Augenblick. Niemand konnte sagen, ob Heino nicht ebenfalls in den nächsten zehn Minuten einen Anfall bekommen würde.
Johannes öffnete den Kofferraum und schnappte sich das Abschleppseil. Inzwischen stieg Charlie aus dem Auto und lief schreiend in ein Kornfeld.

Johannes folgte ihm mit dem Seil. "Stehen bleiben! Stehen bleiben!"

Charlie rannte wie ein Zwanzigjähriger. Johannes hatte Schwierigkeiten, ihm auf den Fersen zu bleiben. Das Kornfeld behinderte ihren Lauf. Plötzlich stürzte Charlie. Sekunden später war Johannes über ihm und drückte ihn fest zu Boden. Charlie bäumte sich unter ihm auf. Jetzt merkte Johannes, daß auch Charlies Kräfte ins Unermäßliche stiegen. Obwohl seine Hände auf dem Rücken zusammengebunden waren, stieß er Johannes von sich und trat nach ihm. Erneut packte Johannes ihn und versuchte, ihn mit dem Seil fester zu umklammern. Doch es war ihm nicht möglich, Charlie unter Kontrolle zu bekommen. Charlies Kopf glühte feuerrot. Die Augen schienen ihm aus den Höhlen zu springen.

Johannes befürchtete, daß Charlies Kreislauf zusammenbrechen könnte. Er ließ ihn ruhig zwischen dem niedergetrampelten Korn liegen. Für wenige Sekunden schloß Johannes die Augen. Kleine gelbe Punkte kreisten vor ihm. Sein Atem raste. Er hatte ein Gefühl, als sei sein Knie um

das Doppelte angeschwollen. Charlie mußte ihn dort erwischt haben. Er konnte sein rechtes Bein kaum bewegen.
Charlie riß Korn aus dem Boden und schnitt sich dabei die Finger auf. Plötzlich schnappte er nach Luft, zuckte zusammen und blieb regungslos liegen. Ein Schwächeanfall? Ohnmacht?
Neben Charlies Kopf lag ein dicker, kantiger Stein auf dem Boden.
Wenn ich jetzt den Stein nehme und einmal kräftig zuschlage, habe ich Ruhe! Harriet und ich kommen hier immer weg. Nachweisen könnte mir keiner was. Warum mache ich das eigentlich alles?

Johannes bückte sich. Mit beiden Händen faßte er den Stein. Er war warm - fast heiß. Johannes zögerte. Er hob den Stein.
Charlie bewegte sich. Er stöhnte.
Nein, so nicht. Ich fessele ihn und bring ihn zum Wagen zurück, dachte Johannes. Ich könnte es nicht. Ich bring das nicht fertig.

Charlie versuchte wieder auf die Beine zu kommen, doch er brach zusammen und blieb liegen.

Johannes nahm die Chance wahr und fesselte Charlie so gut er konnte. Dann zog er ihn hinter sich her zum Auto. Charlie war so fest verschnürt, daß er kaum noch atmen konnte.

Johannes transportierte ihn bis zum Auto. Dann war er fix und fertig. Er ließ sich auf die Erde fallen. Er hätte heulen können. Wie sollte er allein den Wagen aus dem Graben ziehen?

POLIZEI

Hätte ich ihm nur den Stein übergebraten, ich Idiot, dachte Johannes verzweifelt.
Die Situation sah hoffnungslos aus.
Wenn ich wenigstens den Wagen aus dem Graben ziehen könnte . . . Vielleicht würde ich die beiden Verrückten dann auch bald los? überlegte Johannes. Doch er wußte nicht, wer ihm hätte helfen können. Sollte er vielleicht zu Charlies Kneipe zurück und Harriet und Emmy holen?
"B . . . bringen Sie u . . . uns endlich weg v . . . von . . ."
"Und der Wagen?"
"Es . . . es ist nicht mehr weit."
"Also gut - laufen wir; Hoffentlich bringen wir Charlie bis zur Polizei!"

Müde stand Johannes auf. Alle Knochen taten ihm weh. Er nahm ein Ende des Seils und zog Charlie hinter sich her. Heino taumelte gefesselt neben ihm. Ihre Kehlen waren wie ausgebrannt. Die Sonne knallte auf ihre schutzlosen Köpfe. Nur langsam schleppten sie sich vorwärts. Charlie wurde immer störrischer. Mit aller Kraft zog Johannes ihn weiter. Er blickte auf jedes leere Haus, weil er hoffte, daß noch jemand da war. Doch er schrie nicht um Hilfe. Er klingelte an keiner Tür. Er wollte einfach alles so schnell wie möglich hinter sich bringen.

Plötzlich hörten sie gräßlichen Lärm vor sich. Ein unheimliches Brummen. Die Fliegen!

"Hinter . . . hinter . . . hinter der Biegung liegt das Polizei . . . Poliz . . . Schnell! stammelte Heino.

Im Polizeipräsidium werden wir wohl vor den Fliegen sicher sein, dachte Johannes und versuchte, mit Charlie schneller voranzukommen.

Doch kaum erreichten sie die Biegung, lief Heino schon schreiend davon. Das Polizeipräsidium war unter einem gewaltigen Fliegenberg begraben. Türen und Fenster konnte man nicht mehr erkennen. Alles war ein großer Fliegenhaufen. Das ohrenbetäubende Summen und der unglaubliche Anblick der Fliegeninvasion gaben Charlie den Rest. Er riß sich los und floh ebenfalls.

Gebannt starrte Johannes auf das Unglaubliche. Die Fliegen benahmen sich wie eine gut durchorganisierte Belagerungsarmee. Sie riegelten das Haus völlig von der Außenwelt ab und drangen dann durch das kleinste Loch ein. In geschlossenen Verbänden flogen sie immer wieder gegen die Fensterscheiben und fielen betäubt daran herunter. Sofort klatschten die nächsten Fliegen gegen die Scheiben. Nach fünf, sechs Anflügen war die Wucht endlich so groß, daß die Scheiben zersprangen.

Dann brach in dem Polizeipräsidium die Hölle aus. Es gab kein Entkommen. Die Fliegen waren überall. Durch das Schwirren und Brummen drangen spitze Schreie nach draußen.

Was mach ich bloß? Was? fragte Johannes sich.

Dann lösten sich kleinere Fliegenverbände von dem geschlossenen Haufen und verteilten sich in der

Luft. Johannes floh. Bald schon sah er Charlie etwa hundert Meter vor sich laufen. Heino war verschwunden.
Johannes Füße berührten kaum den Boden. Er jagte hinter Charlie her und holte ihn bald ein. Charlie bekam kaum noch Luft. Das Seil schnürte ihm die Brust zusammen, und der schnelle Lauf ließ seinen Atem immer flacher werden.
Ich muß ihn mitnehmen. Ich muß! dachte Johannes und stieß Charlie vor sich her. Sie stolperten über das Ende des Schlepptaues, fielen, rafften sich wieder auf und hetzten weiter. Unerträglich spürten sie die Fliegen über sich kreisen. Das Blut pochte in ihren Schläfen. Heiße und kalte Schauer schüttelten Charlies Körper. Er brach zusammen. Blut spritzte aus seiner Nase, rann über sein Gesicht und verklebte den gequält verzogenen Mund.

"Steh auf! Los! Du sollst aufstehen!" brüllte Johannes.
Doch Charlie lag ohnmächtig da. Nur seine Finger zuckten.
Wenn mir jetzt niemand hilft, dann sind wir geliefert! schoß es Johannes durch den Kopf.
"Hilfe! Hilfe! Heino! Hilfe!"
Nichts. Keine Reaktion.
Verzweifelt packte Johannes Charlie und schüttelte ihn. "Wach auf Mensch! Wach auf!"
Doch Charlie rührte sich nicht. Er sank wieder in sich zusammen. Im selben Augenblick sah Johannes, daß Heino höchstens fünfzig Meter neben ihm querfeldein lief.
"Heino! Mensch bleib' stehen! Heino! . . . ich . . .

ich . . . Ich schaff das allein nicht! Heino!"

Heino rannte weiter, ohne sich umzudrehen.
"Der hat mich doch gehört! Das alte Schwein!" fluchte Johannes.
Ungeheure Wut kroch in ihm hoch. Er wollte ihnen helfen und jetzt ließen sie ihn im Stich. Die Wut verlieh ihm neue Kraft. Er wuchtete Charlie hoch, klemmte seine Hände unter Charlies Achseln und schleppte ihn weiter. Immer wieder sah er zu den Fliegen hoch. Scheinbar lauerten sie gelassen auf ihre Beute. Warum griffen sie noch nicht an? Warum bereiteten sie dem grausamen Spiel kein Ende?
Jetzt hockt das Schwein sicherlich schon in Charlies Kneipe, dachte Johannes. Seine Wut auf Heino wuchs ins Unermäßliche.
Ich sollte ihm seine dämliche Fresse einschlagen und ihm im Fliegendreck verrecken lassen, dachte er.
Er brauchte einfach jemanden, dem er seine erbärmliche Situation anlasten konnte. Er schaffte noch ein paar hundert Meter, dann ließ er sich mutlos auf den Boden fallen und rann nach Luft. Drohend sah er über sich die Fliegen. Er wollte sich wieder aufraffen, doch seine Muskeln gehorchten ihm nicht mehr.
"Verdammt . . ."

Für einen Augenblick schloß er die Augen. Er konnte den Anblick der Fliegen und des leidenden Charlie nicht mehr ertragen. Da hörte er eine Frauenstimme: Harriet!
Sie kam ihm zur Hilfe. Damit der enge Rock ihren

Lauf nicht behinderte, hatte sie ihn hochgekrempelt. Mit den Händen mußte sie ihn festhalten. Ihre Haare flatterten ihr ins Gesicht. Sie lief fast ohne etwas zu sehen.
“Ich komme, Johannes! Ich komme!” keuchte sie.
Johannes schüttelte den Kopf. “Bist du wahnsinnig? Hau ab! Die Fliegen . . .”
Mit einem Ruck hatte er die Kontrolle über seine Muskeln wieder zurück. Er stand auf. Schon war Harriet bei ihm. Für Worte fehlte die Zeit. Sie wechselten nur zwei Blicke. Dann versuchten sie gemeinsam, Charlie abzutransportieren.

“Lassen wir ihn liegen! Wir schaffen es noch! Schnell, bevor die Fliegen angreifen!” schrie Johannes und versuchte, Harriet fortzureißen.
“Nein! Wir müssen ihn in Sicherheit bringen! Wir können ihn doch nicht so einfach liegen lassen.”
“Warum nicht? Willst du auch verrecken? Vorhin hätte er mich fast umgebracht. Los, komm wir hauen ab.”

“Nein!” fauchte Harriet.

Da kam Emmy ihnen entgegengelaufen. Johannes besann sich sofort. Hart packte er Charlie an und sagte zu Harriet: “Also los!”
Emmy war außer Atem, aber sie faßte sofort mit an. Zu dritt schafften sie es.
Erschöpft erreichten sie die sichere Kneipe.

Heino saß an einem Tisch in der Ecke. Eine Schnapsflasche stand vor ihm. Seine Fesseln lagen

auf der Erde. Er spülte sich die Angst herunter.
"Wer hat ihm die Fesseln abgenommen?" fragte Johannes scharf.
Sein bissiger Ton ließ Harriet erschaudern. So kannte sie ihn nicht. Plötzlich dachte sie daran, daß Johannes wohl auch ein ganz schönes Schwein sein konnte, jedenfalls wollte er Charlie einfach liegenlassen. "Ich habe sie mir selbst durchgeschnitten", maulte Heino. "Mein Anfall ist vorbei. Ich bin wieder in Ordnung. Außerdem lasse ich mich nicht in Ketten legen. Hier geht es darum, zu überleben. Um sonst nichts. Mit verbundenen Armen kann man sich nicht wehren."

Johannes schluckte. Er wischte sich den Schweiß von der Stirn und verschmierte dabei mit den dreckigen Händen sein Gesicht.

"Ich fürchte fast, dir geht es zu gut! Als du nur stottern konntest, hast du nicht so große Töne gespuckt! Warum bist du weitergelaufen? Ich habe nach dir gerufen!"
Heino kippte seinen Schnaps, goß sich nach und sagte dann sehr ruhig: "Ich habe Hilfe geholt. Emmy und die Amerikanerin. War das nicht richtig?"
"Du konntest mir wohl nicht helfen - hä?"
"Ich fühlte mich noch zu schwach."
Der Satz traf Johannes wie eine Faust. Er hätte Heino am liebsten niedergeschlagen. Mit zwei Schritten stand er vor ihm und riß ihm die Flasche aus der Hand.
"Zum Saufen langt es aber noch, oder?"
Verwirrt, ängstlich sah Heino auf. Er sagte keinen

Ton. Er wußte, daß das nächste Wort Johannes zur Explosion bringen könnte.
Harriet nahm Johannes bei Seite.
“Jetzt keinen Streit. Bitte!” flüsterte sie.
Johannes nickte. Zerschlagen ließ er sich auf einen Stuhl sinken. Sein Kopf brummte. Oder hallte nur der Lärm der Fliegen in seinen Ohren nach?

Er legte einen Arm um Harriet und raunte: “Ich kann nicht mehr. Ich bin fix und fertig. “Er sprach sehr undeutlich und leise.
“Wenn du wirklich weißt, wem wir dieses Dilemma zu verdanken haben, dann mußt du versuchen, es zu beweisen. Du mußt, hörst du? Du mußt. Wir werden die Sache gemeinsam durchgehen. Punkt für Punkt. Wenn wir nicht kaputtgehen wollen, muß uns langsam mal was einfallen. Ich weiß zwar noch nicht genau, was ich von deiner Theorie halten soll, aber es ist immerhin die einzige, die wir im Moment haben. - Johannes, hörst du mir überhaupt zu?”
Johannes hörte die Worte an sich vorbeirauschen.
Er fragte sich, woher Harriet diese Energie nahm.
“Johannes! Sag’ doch was!”
Er nickte stumm.
Er wußte einfach nicht, was er jetzt sagen sollte.

9. Kapitel

Detlef Schmidt gab Interviews. Seine Stimme ging durch sämtliche Rundfunksender. Seine Artikel standen in fast allen Zeitungen auf der ersten Seite. Aussagen einiger erschütterter Biologen, die begannen, an ihrem Verstand zu zweifeln, ergänzten seine Artikel bestens.

Es gelang ihm binnen weniger Stunden, aus einer Katastrophe eine Sensation, eine Show für erlebnisgierige Stadtmenschen zu machen. Seine Frau hatte Grund, stolz auf ihn zu sein.

Die Behörden mißbilligten sein Verhalten, doch sie verhinderten es nicht. Nur der Name des Dorfes mußte weiterhin ungenannt bleiben. Wie Detlef Schmidt erfuhr, war aus der Sache ein militärisches Geheimnis geworden. Was das Militär damit zu tun hatte, begriff Schmidt nicht. Es interessierte ihn auch nicht weiter.

Er beschloß, erneut ins Dorf zu fahren, um Bildmaterial für die nächsten Artikel zu besorgen. Sein Chefredakteur wollte ihm einige Leute mitgeben oder gar selbst mitkommen. Doch Schmidt lehnte ab. Das war seine Sensation. Die ließ er sich nicht aus den Händen nehmen. Bewaffnet mit einigen Dosen Antiinsektenspray, bestieg er seinen vollgetankten Wagen und fuhr los. Er war bester Laune.

10. Kapitel

Detlef Schmidt wunderte sich über die zwei Militärfahrzeuge vor dem Polizeipräsidium. Das Präsidium sah verwüstet aus.

Sollten die Fliegen hier etwa . . . Blödsinn!

Er drehte das Radio auf. Jemand schmalzte eine Schnulze durch den Kasten, die Schmidt zum Mitsingen anregte. Wie gesagt, er war bester Stimmung . . .

Vor Charlies Kneipe hielt er. Vielleicht konnte er hier etwas erfahren. Außerdem wollte er sich vor Harriet in seinem neu erworbenen Ruhm suhlen. Wie wirkte jetzt wohl die Null von Biologe vor ihm? Er hoffte, Harriet anzutreffen.

Bevor er eintrat, konnte er es sich nicht verkneifen, die verrammelten Fensterläden zu fotografieren. Zu seinem Erstaunen war die Tür verschlossen. Er klopfte laut. "He! Hier ist Detlef Schmidt!"

Seine Worte taten nicht die erhoffte Wirkung. Müde Schritte schlürften auf die Tür zu. Knarrend ging sie auf. Aus angeschwollenen, verweinten Augen sah Emmy ihn an.

"Ach Sie . . . Kommen Sie herein!"

Keine bewundernden Blicke für den großen Mann. Nicht mal ein Lächeln. Schmidt war enttäuscht.

"Wo ist Harriet?"
"Bei Herrn Sud. Sie arbeiten."
"Sie arbeiten? Was arbeiten sie denn?"

Emmy antwortete nicht. Schmidt überlegte, ob er wieder gehen sollte. Doch er entschloß sich, erst mit Harriet zu reden. Vielleicht hatte sie Neuigkeiten?

Bedächtig stieg Schmidt die Treppen hinauf. Nur sehr leise knarrte es unter seinen Füßen. Verständnislos blickte Emmy ihm nach. Es schien, als würde er sich jeden Schritt genau überlegen.

Hoffentlich gibt es nicht wieder Ärger, dachte Emmy. Doch dann wandte sie sich wieder uninteressiert ab. Für sie gab es andere Probleme.

Schmidt klopfte und trat gleichzeitig ein.

Harriet und Johannes sahen verwirrt von ihrer Arbeit auf. Sie saßen an einem Tisch, über dem eine Landkarte ausgebreitet war. Mit einem Zirkel steckten sie darauf Punkte ab.
"Guten Tag."
"Wer hat Sie hereingebeten?" fragte Johannes bissig.
Schmidt antwortete nicht. Er ging auf den Tisch zu und betrachtete interessiert die Landkarte.

"Was willst du?" fragte Harriet.
"Gibt es etwas Neues?"
"Sie sind doch nicht gekommen, um uns das zu fragen!"
"Doch!"
"Was wollen Sie wirklich? Wenn Sie wieder Streit suchen . . ."
"Aber, aber . . ." wehrte Schmidt ab.
Völlig selbstverständlich ließ er sich auf dem Bett nieder. Er witterte Neuigkeiten. Er mußte sie den beiden abluchsen.

"Sehen Sie mal, wir sind doch vernünftige Menschen . . ." Er holte zu einer großen Geste aus. "Sie sind Wissenschaftler und ich bin Journalist. Glauben Sie nicht, daß sich unsere Interessen verbinden lassen?"
"Kaum!"
"Aber junger Mann . . . Glauben Sie nicht, daß ihre Erkenntnisse auch für eine breitere Öffentlichkeit wichtig sein könnten?"
"Nun ja . . ." Johannes überlegte. Vielleicht war das seine Chance? "Das schon, aber was haben Sie damit zu tun?"

"Nun, ich könnte alles an die Öffentlichkeit bringen."
Harriet gefiel die Sache nicht. Sie traute Schmidt nicht über den Weg.
"Mach keinen Blödsinn, Johannes! Du kannst das alles nicht beweisen. Er würde dich nur lächerlich machen!"
"Natürlich kann ich alles beweisen. Die Schwachköpfe vom Institut kapieren die Sache nur nicht, weil sie so einfach ist."
"Johannes, mach' keinen Fehler!"
"Ich werde die Ursache aufdecken! Soll es doch einen Skandal geben!" ereiferte Johannes sich.
Bei dem Wort Skandal erhellte sich Detlef Schmidts Gesicht. Er witterte neue Schlagzeilen.
"Was können Sie nicht beweisen?" fragte er.
Johannes ließ sich durch die Frage provozieren und packte aus.
"Laß dich von ihm nicht einwickeln!" keifte Harriet.
Doch Johannes zog Schmidt schon zum Tisch.

“Wie sie sicherlich bemerkt haben, tauchen die Fliegen bisher stets nur in diesem Dorf auf. Ich habe ihren Aktionsradius hier abgesteckt.”

Johannes wies auf einen roten Kreis, den er rund um das Dorf gezogen hatte.

“Nur in diesem Kreis tauchen die Fliegen von Zeit zu Zeit auf. Das heißt, daß sie wahrscheinlich innerhalb dieses Kreises irgendwo ein Versteck haben. Ja, das heißt vielleicht sogar, daß sie nur in diesem Kreis die Lebensbedingungen antreffen, die sie benötigen. Genau in der Mitte des Aktionsradius sehen Sie hier einen dick eingezeichneten Punkt. Das ist die Müllkippe. Hierher kehren sie immer wieder zurück.”

“Nach Ihrer Meinung!” warf Schmidt ein.
“Natürlich, aber ich bin überzeugt . . .”
Idiot! dachte Harriet. Erzähl ihm doch nicht alles!
“Ich bin überzeugt, daß sie nur hier ihre Lebensbedingungen antreffen, denn auf dieser Müllkippe liegt in konzentrierter Form ein Giftstoff, der sich auch im Körper der Fliegen befindet.”
“Ein Giftstoff?” fragte Schmidt ungläubig.
“Ja, ein Giftstoff, der dort verbotenerweise gelagert wird. Der Stoff wirkt auf andere Insekten tödlich, doch hier entwickelt sich eine Art, die durch den Stoff zu ungeheurer Vermehrung angeregt wird. Vielleicht beschleunigt die Hitze alles noch. Jedenfalls glaube ich, daß die Fliegen die Hitze brauchen. Als die ersten Biologen kamen, fanden wir von dem Fliegenansturm fast nichts,

denn es regnete. Die Fliegen zogen sich also zurück."

Johannes redete sich in Rage. Schmidt lächelte zufrieden. Er glaubte zwar kein Wort von dem, was Johannes redete, aber er würde einen zugkräftigen Artikel darausmachen. Ein Grusical auf die Pressefreiheit.

Harriet wußte es. Sie ärgerte sich über Johannes Dummheit. Glaubte er etwa, er könnte Schmidt mit seinen Spekulationen beeindrucken. Konnte er so kindisch sein?"

11. Kapitel

Heino räumte seine Wohnung notdürftig auf. Wahrscheinlich mußte er sich eine neue Wohnungseinrichtung kaufen, überlegte er. Ihm war nicht wohl bei dem Gedanken. Er warf zertrümmerte Möbelstücke in den Garten, bei der Aufräumungsarbeit fand er seinen Revolver wieder. Er steckte ihn ein, ohne zu überlegen, ob er ihn gebrauchen könne. Er spielte mit dem Gedanken, das Dorf ebenfalls zu verlassen. Doch ihm fehlte die Entschlußkraft. Er wollte wieder unter Menschen sein und ging in Charlies Kneipe.

Nachdem Detlef Schmidt die Szene verlassen hatte, ging Johannes mit Harriet in die Kneipe runter. Harriet machte Johannes Vorwürfe.

“Du hast vorschnell gehandelt. Woher weißt du, ob er dich nicht aufs Kreuz legt?”
“Die Sache muß an die Öffentlichkeit. Darüber waren wir uns einig. Warum soll Schmidt die Geschichte nicht aufrollen? Wer es macht, ist doch egal!”
“Du hast nur Angst, daß dir ein anderer Journalist nicht glauben könnte. Alles ist nur eine Vermutung. Das weißt du genau!”

Betroffen sah Johannes vor sich. Emmy goß ihm noch einen ein. Er schluckte schnell. Er mußte eine Menge hinunterspülen.

Laut öffnete Heino die Tür und trat ein.
“Was macht Charlie? Geht es ihm besser?”
“Er liegt im Bett. Ich glaube, er schläft.”
Heino setzte sich zu Johannes und Harriet. Einer war zornig auf den anderen und die Stimmung gedrückt. Harriet bedauerte, daß sie mit Johannes geschimpft hatte. Ein paarmal brachte sie ihre Hand in die Nähe seiner und berührte sie scheinbar zufällig. Johannes spielte das Spiel mit.

Erwachsene benehmen sich manchmal wie Kinder, dachte er . . . Am liebsten wären sich beide in die Arme gefallen. Was hinderte sie? Verletztes Selbstgefühl? Erziehung zum Stolz? Oder nur die Atmosphäre der Gereiztheit, die über allem lag?

Um den Bann des Schweigens zu brechen, fragte Johannes: “Sagen Sie, was sind Sie eigentlich von Beruf? Sänger?”
“Ooch, wir haben uns doch auch schon geduzt,

oder nicht?" lachte Heino. "Ich bin Kraftfahrer."

Für einen Kraftfahrer hat er eine ungewöhnlich teure Wohnungseinrichtung, dachte Harriet, die sich plötzlich an die Ereignisse in Heinos Wohnung erinnerte, als liefe ein Film vor ihr ab.

Johannes verspürte unheimliche Lust, seine Theorie über das Fliegen-Phänomen Heino zu erklären. Er holte die Karte und einige Zettel mit Aufzeichnungen. Harriet sagte nichts dagegen. Johannes breitete die Landkarte auf dem Tisch aus und begann sofort, Heino in seinen Bann zu ziehen. Während Johannes redete, gestikulierte, Fragen beantwortete und Behauptungen belegte, wechselte er Blicke mit Harriet, die ihren Streit vergessen machten.
Heinos Gesicht verdüsterte sich im Laufe des Gesprächs. Er fühlte sich sehr unwohl in seiner Haut. Harriet glaubte, daß Heino Angst vor den weiteren Ereignissen hatte. Johannes Theorie beeindruckte ihn offensichtlich. Er wurde schweigsam, und seine Stirn legte sich in Falten. Daß er so ernst aussehen konnte hatte Harriet nicht erwartet.

Etwas bedrückte ihn, zerfraß ihn innerlich wie eine ätzende Säure. Er wischte sich seine schweißnassen Hände an den Hosenbeinen ab. Nervös huschten seine Blicke von einem Punkt im Raum zum anderen. Er suchte etwas, auf das er sich konzentrieren konnte.
Vielleicht bekommt er einen neuen Anfall? dachte Harriet.

“Ich . . . ich muß etwas sagen. Ich glaube, ich selbst habe das Gift - ich habe das Gift zur Müllkippe gebracht!”

Johannes und Harriet erstarrten.

“Was?”

“Ja. Ich habe von der AMAK Fässer zur Müllkippe gefahren. So etwa fünf, sechs die Woche. Die Sache mußte nachts geschehen. Darüber machten wir uns Gedanken - mein Beifahrer und ich. Mein Beifahrer, der Jupp, fragte schließlich, warum wir die Fässer nicht bei Tag auf die Kippe fahren durften. Als er keine Antwort bekam, wurde er frech. Ja - ähm - und als ich krank war, fuhr er eine Ladung einfach am hellichten Tag zur Kippe, weil er früh genug bei seiner Frau sein wollte, es lief nämlich ein Krimi an dem Abend. Als ich wieder zur Arbeit kam, hatten sie den Jupp schon gefeuert.

Zwei Tage später erklärte mir ein Angestellter, daß das Zeig eigentlich nicht auf die Kippe abgeladen werden dürfe, und daß da Strafen drauf stehen. - Doch die Verbrennung sei zu teuer oder so. Und darum müßte das Zeug eben heimlich auf die Kippe, wenn die Firma nicht darin ersticken sollte.

Ich habe dann mal durchblicken lassen, daß ich über die Ladung Bescheid wüßte und das Zeug nicht mehr fahren wollte. Am nächsten Zahltag hatte ich zwei Scheine mehr als sonst in der Tüte.

Außerdem bekomme ich pro Ladung einen Hunderter. Das sind vier Scheine im Monat. Plus zweihundert Zulage. Da wäre ich doch blöde, wenn ich nicht . . . Aber was ihr mir da erzählt - nee, das geht zu weit. Da mache ich nicht mit. Da scheiß ich auf die Penunse!"

Johannes und Harriet konnten nicht fassen, was sie da hörten. Also stimmte Johannes' These. Oder war es nur eine zufällige Duplizität der Ereignisse?
"Was . . . was wird in der Firma hergestellt? fragte Johannes.
"Die AMAK macht Waschmittel, Haarspray, Pflanzenschutzmittel und so. Ne ganze Menge . . ."
"Pflanzenschutzmittel . . .", murmelte Johannes. Er hatte also recht. Er wußte nicht, ob er sich darüber freuen sollte.
Harriet jagte der Gedanke einen Schrecken ein. Sie war kaum noch in der Lage, klar zu denken.
"Was jetzt? Eine Polizeiaktion? Die Zeitungen benachrichtigen? Die Staatsanwaltschaft? Was?"
Harriet rang nach Worten: "Wenn . . . wenn du die Polizei anrufst, lachen die dich aus."
"Ja, aber", Johannes ging zum Telefon. Er nahm den Hörer ab. "Scheiße". Er legte wieder auf.
"Was ist?"
"Was soll ich denn sagen?"
"Daß die AMAK giftige Stoffe auf der Kippe ablädt und daß . . ."

Johannes nahm den Hörer wieder hoch und wählte die Nummer. Harriet, Heino und Emmy gruppierten sich um ihn. Gespanntes Schweigen. Emmy nahm ein Glas von der Theke und drehte es nervös in der Hand.

Am anderen Ende der Leitung hob jemand ab und meldete sich als Unteroffizier Helms.

“Da ist doch die Polizei oder?” Johannes holte Luft und setzte zu einer langen Erklärung an. “Also die Sache ist nämlich so: die AMAK lagert auf der einzigen Müllkippe hier verbotenerweise Giftstoffe. Abfallprodukte der Pflanzenschutzmittelherstellung. Sie müssen eingreifen. Wir sind hier im Gasthoff . . .”

Scharf unterbrach die Stimme des Gesprächspartners Johannes Erklärungen.

“Ob ich getrunken habe? Na hören Sie mal, jetzt bleibt keine Zeit für Scherze. Es muß endlich gehandelt werden! Bevor es zu spät ist. Wenn Sie hier herkommen, können wir gemeinsam zur Müllkippe fahren. Sie können sich dann selbst . . .”

Abermals wurde Johannes unterbrochen.

“Was? Ich soll meinen Rausch ausschlafen? Sie haben wichtigeres zu tun? Aber . . .”

Verblüfft sah Johannes auf. Er ließ den Hörer sinken. “Aufgelegt. Einfach aufgelegt!” sagte er mit brüchiger Stimme.
Ratlosigkeit machte sich breit. Rasende Wut jagte Johannes das Blut ins Gesicht. Er wurde knallrot. Die Kollegen im Institut hatten ihn ausgelacht. Und jetzt auch noch die Polizei. Er hatte die Schnauze gestrichen voll.

“Dann nehmen wir die Sache eben selbst in die Hand. Heino, wir zwei fahren jetzt zur Firma und hauen mit der Faust auf den Tisch!” rief er erregt.
Heino kratzte sich am Kopf.
“Wenn du meinst?” sagte er unschlüssig. Es tat ihm schon leid, daß er alles erzählt hatte. Den gutbezahlten Job war er wohl los.
“Macht jetzt keine übereilten . . .” Harriet konnte ihren Satz nicht mehr beenden, Johannes zog Heino schon zur Tür.
Sie gingen gemeinsam zu Heinos Auto und schoben es aus dem Graben. Unterwegs und während ihrer schweißtreibenden Arbeit sprachen sie kaum. Johannes beschäftigte nur ein Gedanke. Ich werde es allen zeigen! Diese Ignoranten werden schon sehen! Sie werden mir glauben müssen.
Johannes lachte, als er sich die Gesichter seiner Kollegen vorstellte: wie dumm würden sie gucken, wenn sie erfuhren, daß er durch seine wissenschaftliche Arbeit und durch seinen persönlichen Einsatz die Umwelt vor einer Katastrophe bewahrt hatte!

Heinos Gedanken hingen anderen Problemen nach. Er fürchtete seinen Job zu verlieren. Ja, er war sogar sicher, daß man ihn rausschmeißen würde. Vielleicht mußte er sogar mit einer Anzeige rechnen? Schließlich wußte er, daß der Transport verboten war.

Der Wagen sprang an. Johannes fuhr Heinos Auto. Heino hatte nichts dagegen. Wahrscheinlich befürchtete Johannes, daß Heino wieder einen Anfall

bekommen könnte und zog es deshalb vor, selbst zu fahren. Doch er sagte nichts. Heino faßte in seine Tasche, um nach Zigaretten zu fingern. Er zuckte zusammen, als er den Lauf des Revolvers berührte.
"Ist was?" fragte Johannes.
"Wird dir schwindelig oder was?"
"Nein, nein. Es ist nichts. Gar nichts. Schon gut."

12. Kapitel

Den Pförtner ließen sie einfach mit seinem dummen Gesicht sitzen. Doch an den zwei Sekretärinnen kamen sie nicht vorbei. Die Blonde mit der mondänen Hochsteckfrisur hielt sie energisch auf. "Herr Direktor Jelinek ist nicht in seinem Büro. Und wenn er es wäre, dürfte ich Sie nicht hineinlassen!"

"Blas dich mal nicht so auf, Püppchen! Deinem Chef werden die Ohren sausen, wenn er hört, was wir ihm zu sagen haben!" schimpfte Johannes und wollte sich an der Sekretärin vorbeidrängen. Da legte die andere, die sich bis jetzt hinter dem Schreibtisch die Nägel gefeilt hatte, eine Hand auf die Sprechanlage und ließ ihre Finger über einem roten Knopf schweben.

"Wenn Sie nicht sofort gehen, rufe ich die Polizei!"
"Bitte! Bitte rufen Sie die Polizei. Ich habe nichts zu befürchten!" bellte Johannes.

“Vielleicht sollten wir doch besser gehen. Wir können ja ein anderes Mal . . .” warf Heino ein.
“Nein!” schrie Johannes, “Ich will die Sache jetzt und hier klären!”
Die Sekretärinnen wurden durch Johannes selbstbewußtes Auftreten eingeschüchtert.
“Vielleicht kann ich Ihnen einen Termin machen?” fragte die Blondine. “Herr Direktor Jelinek ist wirklich nicht da.”
Johannes sah sich um, entdeckte einen Stuhl und setzte sich breitbeinig.
“Wenn er nicht hier ist, werden wir eben auf ihn warten!”

Heino wurde verlegen. Er fand keinen Sitzplatz. Die Sekretärinnen musterten ihn mit abschätzenden Blicken. Er kam sich hilflos und überflüssig vor. Außerdem fürchtete er sich vor dem Chef. Er hatte den Direktor nie vorher gesehen. Wie würde er auf die Vorwürfe reagieren?

Johannes zündete sich eine Zigarette an und sah sich im Büro um. Zwei weiße Schreibtische. Auf jedem ein Telefon und eine Sprechanlage. Nur eine Schreibmaschine im Raum und die stand unbenutzt auf einem Stuhl. An der Wand zwei Ölbilder. Motive südlicher Landschaften. Hellblaue Vorhänge an den Fenstern. Eine Kaffeemaschine. Ungespültes Geschirr im Spülstein.

Johannes grinste. Dieses Direktorvorzimmer hatte eine eigentümliche Schlafzimmeratmosphäre. Er hätte wetten können, daß hier den ganzen Tag lang nichts - gar nichts geschah. Die beiden Kaffeehausmiezen schirmten den Direktor nach außen ab. Sie ödeten sich wahrscheinlich mit tristen Wochenendgeschichten an und lauerten darauf, dem Herrn Direktor einen Kaffee machen zu dürfen. Johannes tastete die beiden Frauen mit seinen Blicken ab wie ein Pferdehändler ein mögliches Kaufobjekt. Geschmack schien dieser Jelinek zu haben.

Nervös rang Heino mit den Händen, kaute an den Nägeln und putzte sich die Nase. Er überlegte, ob er die Schreibmaschine von dem Stuhl stellen sollte, um auch einen Sitzplatz zu haben. Doch das beständige Nichtstun der Sekretärinnen lähmte ihn. Er fürchtete, von einer angepflaumt zu werden.

Die Blondine ging zur Kaffeemaschine und machte sich einen Kaffee. Dabei beugte sie sich mit ihrem Minirock etwas zu weit vor. Johannes pfiff unverschämt durch die Zähne.
"Heute ganz in Spitzen!" feixte er.
Schroff drehte sie sich um und warf Johannes einen zornigen Blick zu.
"Wollen Sie uns nicht auch ein Täßchen anbieten?" fragte Johannes.
Doch die Blondine zeigte ihm die kalte Schulter.
"Marken Sie gar nicht, daß Sie hier stören?"
"Vielleicht wollen wir genau das?" versetzte Johannes.
Etwa eine halbe Stunde verstrich. Inzwischen hatte Heino seinen Mut zusammengerissen, um die

Schreibmaschine vom Stuhl auf einen Schreibtsich zu stellen. Damit handelte er sich nur ein paar böse Blicke ein. Sonst nichts. Zur Entrüstung der Sekretärinnen kochte Johannes sich einen Kaffee und fragte auch noch nach Milch und Zucker. Doch dann wurde ihm das Spielchen zu langweilig, und er versuchte, den ständigen Wohnsitz des Herrn Jelinek herauszubekommen.

Nach ein paar patzigen Wortgefechten hatte er die Adresse. Ein Häuschen am Rhein. Knapp zweihundert Kilometer weit entfernt. Johannes und Heino verabschiedeten sich überfreundlich.

“Was waren das bloß für Weiber!” sagte Heino geistlos. Die genauen Gegensätze zu Harriet! dachte Johannes. Aber das sagte er nicht, doch in dem Moment bereute er, sie nicht mitgenommen zu haben. Als er losfuhr, spielte er nicht mal mit dem Gedanken, sie mitzunehmen. Jetzt wäre er am liebsten zurückgefahren, um sie zu holen. Aber sie durften keine Zeit verlieren. Sie mußten sofort los.

“In zwei Stunden können wir da sein.”
“Ja, in zwei Stunden . . .” maulte Heino.

Am liebsten wäre er nicht eingestiegen. Er bereute bereits, in die Sache verwickelt zu sein.

Johannes fuhr den Wagen voll aus. An der nächsten Tankstelle ließ er auftanken. Dann ging die Fahrt ohne Unterbrechung weiter. Heino spielte mit dem Revolver in seiner Tasche. Seine Gedanken hingen anderen Problemen nach. Er sah zwar ein, daß der

Schweinerei mit dem Gift ein Ende gemacht werden mußte, aber warum sollte ausgrechnet er . . . Ich halte den Kopf hin und Johannes kassiert hinterher eine Beförderung, weil er als Biologe die Sache durchschaute. Nee, für mich springt bei der Aktion nichts raus. Ich setz mich nur ins Dornenbeet. Obwohl - wenn alle Unternehmer ihren Dreck einfach so ablagern würden, wie dieser Jelinek! Gift auf die Müllkippe werfen! Wo gibt es denn sowas? Kriminell ist das. Wir hätten alle krepieren können . . . Wenn wir dem Jelinek die Fliegen zu verdanken haben, dann, dann . . .

Heinos Finger krampften sich um den Lauf des Revolvers. Er versuchte, an etwas anderes zu denken. Er drehte das Radio an. Johannes bemerkte, daß Heino unruhig wurde. "Willst du eine rauchen? Du wirst doch jetzt nicht nervös oder?"
"Keine Angst, ich behalte die Nerven, aber eine Zigarette nehme ich gerne, Feuer habe ich."
Johannes öffnete ein Fenster, damit der Qualm entweichen konnte.
"Wir werden die Helden der Nation", sagte er trocken.
Heino blickte ihn mit weitaufgerissenen Augen an. "Glaubst du das wirklich?"
"Aber sicher! Schließlich verhindern wir durch persönlichen Einsatz ein Unglück. Wir sind wie David, der mit Steinen nach den Großen schmeißt. Wenn wir dazu auch noch gewinnen, ist die Sympathie der kleinen Leute auf unserer Seite - ververstehst du?"
"Hm. Und wenn wir nicht gewinnen - ich meine,

was, wenn der Goliath uns erdrückt?"
Johannes antwortete nicht. Er verschwieg Heino, daß er selbst Angst hatte. Seine lässige, arrogante Art war nur eine Fassade. Doch Johannes war entschlossen, sie nicht schon bei der ersten Auseinandersetzung zusammenbrechen zu lassen. Jelinek mußte weich werden. Er sollte seine Felle schwimmen sehen!
Heino kaute auf seiner Zigarette herum. Schreckliche Bilder drängten sich ihm auf. Während er bewegungslos am Boden lag, krochen winzige Fliegen über seinen Körper und nagten daran. Sie überzogen ihn mit einer schleimigen Flüssigkeit. Heino schüttelte sich.
Johannes dachte an Harriet. Sie war ihm entgegengelaufen, als er Charlie nicht weiterschleppen konnte. Ihre Zuneigung zu ihm war größer als ihre Angst vor den Fliegen.
Meine Güte - sie liebt mich. Natürlich! Sie liebt mich. Wäre sie mir sonst entgegengelaufen, als die Fliegen über mir schwebten? Sie liebt mich! Welch ein Gedanke!
Während seiner Gedanken begann Johannes, leise die Musik mitzupfeifen. Er tat es nicht bewußt. Er merkte es erst, als Heino kopfschüttelnd sagte: "Deine Nerven möchte ich haben."
Wie im Traum überholte Johannes mehrere Autos. Dann schimpfte Heino: "Ich will noch lebendig zu diesem Jelinek kommen! Achte gefälligst auf die anderen Fahrzeuge! Wir sind nicht alleine auf der Straße."

13. Kapitel

Das Haus war von Weinbergen umgeben. Die Sonne spiegelte sich auf den riesigen Fenstern. Hinter dem Haus wienerte ein Chauffeur den dunkelblauen Mercedes. Ab und zu nahm er einen Schluck aus einer der vielen Whiskyflaschen, die im Wagen in einem Kühlschrank standen. Direktor Jelinek trank ständig Whisky während der langen Autofahrten. (Vor knapp einem Jahr baute er volltrunken einen Unfall. Seitdem setzt er sich nicht mehr an das Steuer).
Jelinek interessierte sich nicht für seine Angestellten. Er bezahlte sie, das mußte reichen. Mit seinem Chauffeur sprach er nur die nötigsten Worte.

"Nach München! Können Sie nicht schneller? Beeilen Sie sich! Sie verplempern meine Zeit! Na endlich! Warten Sie hier!" Folglich bemerkte er nie, daß sein Chauffeur sich ständig mit seinem Whisky betrank.
Jelinek lag im Liegestuhl auf der Terrasse, kraulte den Setter, las den Wirtschaftsteil seiner Zeitung, ließ sich die Sonne auf den Bauch scheinen und schüttete sich den sechsten Longdrink durch den Hals.
Sylvia, seine Wochenendmieze kremte ihn in kurzen Abständen ein. Seine Haut glänzte fettig.

Das Telefon klingelte. Sylvia sprang aus ihrem Liegestuhl, zog sich ihren knallgrünen Bikini zurecht und tänzelte zum Telefon. Jelinek schielt ihr nach. Er schmunzelte. Sylvia hob den Hörer ab.

“Deine Frau, Schatz.”
Jelinek verzog sein Gesicht.
“Ihr Anwalt hat ihr geraten, sich noch einmal mit dir auszusprechen. Hörst du? Schatz, hörst du?”
“Ach, ich bin nicht da!” brummte Jelinek und winkte ab.
“Herr Jelinek ist nicht da. - Nein, ich sage doch, er ist nicht hier. - Nein, ich habe nicht mit ihm gesprochen. Er ist nicht da! Bitte sehr!”
Sylvia legte den Hörer auf. Innerlich triumphierte sie über Jelineks Frau.
“Warum willigt sie nicht endlich in die Scheidung ein? Habe ich ihr kein großzügiges Angebot gemacht?” wetterte Jelinek.
Sylvia mixte ihm einen neuen Longdrink.
Jelinek ließ die Zeitung sinken. Seine gute Laune war hin.
“Reibst du mich ein?” fragte Sylvia und legte ihr Oberteil ab.
Jelinek nickte.

14. Kapitel

Heino und Johannes sahen das Haus schon von weitem.
“Feine Villa. Das muß Jelineks Haus sein. Hoffentlich stören wir nicht”, spottete Johannes.
Heino wischte sich dicke Schweißperlen von der Stirn.
Sie fuhren einen schmalen Weg zur Villa hoch. Das Schild “Privatweg! Betreten verboten!” übersahen sie.

Der Chauffeur ließ erstaunt den Putzlappen sinken, als er das dreckige Auto auf den Hof rollen sah. Auch die zwei ermüdeten abgespannten Kerle, die aus dem Wagen stiegen, gefielen ihm nicht. Die haben hier bestimmt nichts zu suchen, dachte er und schraubte die Whiskyflasche erneut auf.

Jelinek sah die beiden von der Terrasse aus. Er schüttelte den Kopf. "Was wollen denn die hier?"
Er half Sylvia wieder ins Oberteil und schickte sie zur Tür. "Egal, was sie wollen. Wimmel sie ab!"
"Hm . . ."
Johannes klingelte. Seine Hände wurden feucht, als er Schritte hinter der Tür hörte. Er trocknete seine Hände unauffällig an der Hose, doch Heino bemerkte, daß Johannes nervös wurde. Seltsamerweise gab ihm das ein Gefühl der Stärke.

Sylvia öffnete die Tür. Eine Frau im Bikini hatte Johannes nicht erwartet. Er stockte.
"Wir, wir, das heißt ich . . ."
"Herr Jelinek ist nicht zu sprechen", krächzte Sylvia und wollte die Tür schon wieder schließen.

Sofort fing Johannes sich wieder und stemmte seinen Fuß gegen die Tür. Verwirrt sah Sylvia ihn an.
"Was erlauben Sie sich?"
"Ich will Jelinek sprechen - und zwar sofort!"
"Aber er ist nicht da."
Johannes schob Sylvia beiseite. Er trat ein. Sylvia versuchte, ihn hinauszudrängen. Heino zögerte. Johannes sicheres Vorgehen hemmte ihn wieder.

Er fühlte sich besser, wenn er wußte, daß Johannes Angst hatte.

Sylvia protestierte. Johannes hob sie hoch und trug sie ins Haus.
“Sind Sie wahnsinnig?” kreischte sie. Johannes warf sie auf eine weiche Couch, über der das Bild einer nackten Südländerin hing.

Jelinek schoß ins Zimmer.

“Was wollen Sie? Warum dringen Sie hier ein? Ich rufe die Polizei!”
“Ich habe nichts dagegen. Aber vielleicht hören Sie sich erst an, was ich zu sagen habe?”
Jelinek sah ratlos aus. Johannes nutzte seine Chance. “Ich bin gekommen, um mit Ihnen über den Müll zu sprechen, den Sie so überall rumliegen lassen. Ich habe mir Ihre Abfälle mal genau angeguckt. Ich bin nämlich Biologe.”
Jelinek wurde bleich. Er schickte Sylvia raus. Ärgerlich ging sie auf die Terrasse.
“Wollen wir uns nicht setzen?” schlug Jelinek vor.

Seine Freundlichkeit machte Johannes vorsichtig. Er hatte einen faulen Trick vor, eine dumme Ausrede parat. Das war klar. Doch Johannes setzte sich. Er sank tief in den flauschigen Klubsessel. Er hatte noch nie solche Sessel gesehen. Man fühlte sich darin wie auf einer weichen Wolke. Der Setter trottete in das Zimmer. Er legte sich vor Jelinek.
An Heinos Schenkeln liefen Schweißtropfen herab. Seine Hände zitterten fast unmerklich. Er zündete

sich eine Zigarette an und versuchte die Nerven zu behalten.

“Wie Sie sicherlich aus der Presse wissen, beschäftigt eine gigantische Fliegenschwemme die Wissenschaft zur Zeit. Was würden Sie sagen, wenn ich beweise, daß diese Fliegenschwemme durch das Gift entstand, das Sie - verbotenerweise - auf einer Müllkippe lagern?” fragte Johannes und musterte Jelinek.
“Blödsinn! Wissen Sie überhaupt, was Sie da reden?”
“Wenn ich Sie hochgehen lasse, wird man Sie zerfleischen. Das Volk ist in Panikstimmung. Einige Leute sind durch ihr Gift todkrank geworden. Doch es sind nicht die Fliegen, die das Gift übertragen, es ist das Grundwasser. Das ist in einigen Fällen Mord!”
Jelinek schien ruhig zu bleiben. “Höchstens fahrlässige Tötung! Außerdem fehlen Beweise . . .”
“Irrtum! Ich kann alles, was ich sage, beweisen. Sie haben aus reiner Profitgier Menschenleben gefährdet! Eine Vernichtung des Giftes war Ihnen zu teuer. Und täglich produzieren Sie mehr Gift, denn das Pflanzenschutzmittel stellen Sie immer noch her. Ja, wo lassen Sie denn jetzt die giftigen Abfallstoffe? Sie werfen die doch nicht etwa weiterhin . . .”
Ein schrecklicher Gedanke kam Johannes. Vielleicht lag das Gift auch schon auf anderen Müllkippen. Dann war alles nur noch eine Frage der Zeit. Die Katastrophe wurde unaufhaltsam.
“Lagern Sie etwa auch woanders Gift?” fauchte Johannes wütend.

Jelinek beantwortete die Frage nicht. Er schlug die Beine übereinander und sah Johannes mit festem Blick an: "Wieviel wollen Sie?"
Die Frage traf Johannes wie ein Faustschlag. Jelinek glaubte, er sollte erpreßt werden.
"50.000? - Nein? Mehr? 100.000? - Warum sagen Sie denn nichts? - Na, hören Sie mal, mehr ist nicht drin. Wirklich nicht!"
"Ich hätte nicht schlecht Lust, Ihnen den Schädel einzuschlagen!" versetzte Johannes.
"Sie können mir nichts beweisen . . ." stammelte Jelinek völlig aus der Ruhe gebracht.
"Sie wiederholen sich!"
Plötzlich schaltete Heino sich ins Gespräch ein. Er merkte, daß Jelinek klein wurde. Das gab ihm Befriedigung.
"Ich habe die Giftkisten und Fässer gefahren. Das sage ich gerne überall aus."
Jelinek öffnete den Mund, doch er bekam keinen Ton heraus.
"Wir werden jetzt Papier nehmen, und ich diktiere Ihnen einen Text, den Sie unterschreiben. Dann fahre ich damit zur nächsten Zeitung. Von ihren 100.000 können Sie sich einen Anwalt kaufen. Den werden Sie nötig haben!"
"N . . . nein!"
"Ein Geständnis könnte Ihnen weiterhelfen. Schließlich bedeutet das für Sie wenigstens mildernde Umstände. Aber wenn Sie nicht wollen, zeigen wir Sie eben an."
Johannes stand auf. Er schob sich eine Zigarette in den Mund.
"Johannes, vielleicht sollten wir sein Angebot doch

. . . " sagte Heino zaghaft, doch Johannes unterbrach ihn barsch.
"Was? Du willst Geld von diesem Mistkerl, fast wärst du durch ihn draufgegangen. Es stehen Menschenleben auf dem Spiel! Da kann man sich nicht bestechen lassen! Verstehst du das?"
"Bestechen lassen, bestechen lassen . . ." äffte Heino Johannes nach. "Jeder will Profit aus der Sache schlagen. Dieser Schmidt will ein berühmter Journalist werden, du willst als Forscher dastehen, nur ich gehe mit leeren Händen aus. Das lasse ich mir nicht gefallen."
Johannes rang nach Luft. "Aber . . . aber was redest du da. Wir tun das alles doch ganz selbstlos."

Heino lachte hart.

"Warum bist du mit deinen Erkenntnissen nicht einfach zur Polizei gegangen? Weil man dir nicht geglaubt hätte . . . Ja, aber auch weil du als Forscher gern auch noch die Polizei spielst. Johannes Sud, der begabte junge Biologe, bewahrte uns gegen den Widerstand seiner Kollegen und ohne Hilfe der Polizei vor einer Katastrophe. Mit diesem Satz im Poesiealbum kannst du dann Politiker werden oder wenigstens Schlagersänger."

Plötzlich sprang Jelinek auf.
"So, jetzt reicht es mir! Die Unterhaltung war interessant, aber jetzt raus. Raus, sage ich!" brüllte er.
Johannes und Heino waren überrumpelt. Sylvia hatte über die Terassen den Chauffeur geholt. Er

stürzte mit einem langen Schraubenzieher bewaffnet ins Zimmer.
Johannes ergriff die Flucht. Heino dachte einen Moment daran, den Revolver zu ziehen, doch dann lief er hinter Johannes her. Er stolperte an der Türschwelle. Fast hätte der Schraubenzieher ihn am Kopf verletzt. Doch der Chauffeur zielte nicht genau genug.
Heino sah den Schraubenzieher kurz neben sich aufschlagen. Wütend griff er ihn und sprang auf.
Der Chauffeur riß noch im letzten Moment die Arme hoch und hielt sie schützend vor sein Gesicht.
Heino schlug noch einmal mit dem Schraubenzieher zu, dann trat er dem Chauffeur in die Eier. Er brach mit einem lauten Aufschrei zusammen.

Johannes drehte sich um. Er sah den Chauffeur zu Boden stürzen. Sofort lief er zurück.
Sylvia kreischte. Heino kniete auf dem Chauffeur und hieb mit dem Schraubenzieher auf ihn ein. Johannes holte zu einem wuchtigen Schlag aus.
Er traf Jelinek im Gesicht. Doch Jelinek fiel nicht um. Im Gegenteil. Der fette, behäbige Mann, der wie eine Witzblattfigur aussah, konterte sofort. Johannes und Jelinek tauschten mehrere Schläge aus. Mensch, der Kerl kann ja boxen wie ein Profi! schoß es Johannes durch den Kopf.

Sylvia telefonierte mit der Polizei.

Johannes wich einem rechten Schwinger aus und stolperte über einen Sessel. Sofort sprang er wieder

auf, doch Jelineks Tritt schickte ihn wieder zu Boden. Für wenige Sekunden verlor Johannes das Bewußtsein.
Jelinek ging auf Heino los. Er riß ihn von seinem Chauffeur, rang ihm den Schraubenzieher ab und verpaßte ihm einen Tiefschlag.
"Ja, kommen Sie schnell! Ein Überfall! Villa Jelinek! Beeilen Sie sich doch!" keifte Sylvia ins Telefon.
Heino rang nach Luft. Jelinek rannte quer durch das Zimmer. Über dem offenen Kamin hingen ein Pferdesattel und eine Peitsche. Jelinek riß die Peitsche von der Wand. Johannes war schon wieder auf den Beinen.
Er warf sich die Haare aus der Stirn, breitete die Arme aus und wartete auf Jelineks Angriff.

Scharf fuhr ihm die Peitsche durch das Gesicht.

Johannes schrie auf. Hinter ihm rannte Heino aus dem Haus.
Johannes wollte noch schreien: "Bleib stehen!"

Doch dann rannte er selbst wie von Sinnen los. Jelineks Peitsche traf ihn noch einmal am Rücken, dann war Johannes draußen.
"Schnell in den Wagen!" brüllte Heino.

"Die mach ich fertig! Fertig mach ich die!" fauchte Jelinek.
Johannes ließ sich schwer in den Sitz des Wagens fallen.
Sylvia drückte sich an Jelinek. Er stieß sie weg. "Laß mich! Ich muß nachdenken!"

Draußen ließ Johannes den Motor des Wagens aufheulen.

Ein paar hundert Meter weiter wurden sie von einem Polizeiwagen gestoppt.
“Darf ich mal Ihre Wagenpapiere sehen? Führerschein?”
Johannes kramte in seiner Tasche. Heino fand die Wagenpapiere nicht. Immerhin konnte Johannes seinen Führerschein vorweisen.
“Kommen Sie von der Villa Jelinek?”
“Das kann man wohl sagen!”
“Dann muß ich Sie leider bitten, mit uns zu kommen.”
“Das ging aber schnell”, sagte Johannes.
“Verdammte Scheiße!” fluchte Heino.

15. Kapitel

Nervös rauchte Jelinek eine Zigarette nach der anderen. “Hol mir mal das Telefonbuch!”
Sylvia beeilte sich.
Sie brachte ihm das Buch.
“Denen hast du es aber gegeben! Ich hätte gar nicht gedacht, daß soviel in dir steckt”, sagte sie.

Jelinek hörte nicht hin. Er leckte sich die Finger und blätterte in dem Telefonbuch. Endlich fand er, was er suchte. Ohne zu fragen holte Sylvia das Telefon. Sie stellte es vor ihm auf den Tisch. Hastig wählte Jelinek.
“Ja, Jelinek hier. Ich hätte gern Professor Heidunk.

- Ja, Heidunk. Natürlich will er mich sprechen. - Nein! Ich bin ein alter Jugendfreund von ihm. Ja, danke. - Werner? Endlich! Ich muß dich unbedingt sprechen. Ja, sofort!"

*

"Sie können uns doch nicht einfach festhalten. Das geht doch nicht. Wir haben wichtige Sachen zu erledigen."
"Schreien Sie hier nicht so rum!"

"Sind Sie in die Villa Jelinek eingebrochen oder nicht?"
"Nein verdammtnochmal! Nein!"
"Sie befanden sich aber auf dem Privatweg zur Villa, als wir Sie aufgriffen!"
"Aber . . ."
"Und woher kommt Ihre frische Wunde im Gesicht? Herr Jelinek hat soeben hier angerufen, um sich zu versichern, ob wir Sie auch wirklich erwischt haben. Er sagt, einer von Ihnen sei mit seiner Peitsche verletzt worden. Daher stammt doch Ihre Wunde - oder?"
Wütend verschränkte Johannes die Arme vor der Brust.
"Ich sage nichts mehr. Gar nichts."

*

Jelinek und Heidunk trafen sich in einem Rasthof in der Nähe der Autobahn. Sie schüttelten sich die Hände, klopften sich auf die Schultern und lachten vertraulich. "Nett, daß du sofort gekommen bist."

“Aber ich bitte dich, wenn wir alten Kameraden nicht mehr zusammenhalten würden!”

“Ja, ja, unsere selige SS- Zeit. Heute darf man ja nicht mehr darüber reden, aber schön war es doch.”
“Tja. Prost.”
“Prost. Auf die alte Zeit.”
“Du sagtest am Telefon, daß du meine Hilfe brauchst. Was ist denn los?”

Sie steckten die Köpfe zusammen.

*

Heino schlug mit der Faust auf den Tisch.

“Jetzt langt es mir! Ich will hier raus oder einen Anwalt sprechen oder was!”
“Sie müssen schon warten . . .”

Plötzlich kam Johannes eine Idee.

Kommissar Becker, ein guter Freund seines Vaters mußte hier in der Nähe Dienst tun. Seine Mutter hatte früher oft gesagt, Becker und dein Vater, die saufen sich noch mal tot. Vielleicht konnte dieser Becker ihm jetzt weiterhelfen.

Johannes fragte nach ihm.

*

Nachdenklich spielte Professor Heidunk mit

seinem Glas. “Ich soll also die Berichte vernichten. Das ist ein bißchen viel verlangt. Das kann ich nicht.”
“Mensch Werner, ich brauch nur ein bißchen Zeit, eine Woche oder zwei. Ich muß belastendes Material beseitigen, muß versuchen die restlichen Fässer irgendwo unterzubringen und so. Du kannst doch einen alten Kameraden nicht in so einer Situation hängen lassen!”
“Weißt du, das läuft nicht mehr ganz so wie früher. Ich kann die Untersuchungen von Johannes Sud nicht so einfach unter den Tisch fallen lassen. Ich muß da an meine Position denken. Ich kann nur dafür sorgen, daß die Sache den Dienstweg geht. Ich kann den Bericht erstmal eine Weile auf meinem Schreibtisch liegenlassen, dann schicke ich ihn freitags weiter, vor Montag liest ihn niemand und vor Mittwoch passiert nichts.”
“Das reicht, mehr Zeit brauche ich nicht. Ich werde mich auch mal erkenntlich zeigen.”

*

Achtlos rasten sie an Wiesen und Wäldern vorbei. Auch die prachtvollen Weinberge nahmen sie nicht wahr.

Heino merkte nicht einmal, daß Johannes gar nicht ins Dorf zurückfuhr. Jeder fraß seine Wut in sich hinein.
“Wenn uns dieser Kommissar Becker nicht rausgepaukt hätte, säßen wir jetzt ganz schön in der Scheiße. Überfall! Pha. Wetten, das gibt noch eine Gerichtsverhandlung!”

“Quatsch. Der wird sich hüten. Außerdem handeln wir im öffentlichen Interesse. Die Verbrecher rufen die Polizei und lassen uns verhaften! Das darf doch nicht wahr sein! Das klingt wie eine Gaunerkomödie.”
Mit Harriet wäre mir das bestimmt nicht passiert, dachte Johannes. Was sie anders gemacht hätte, wußte er jedoch nicht. Es war nur so ein unbestimmtes Gefühl.
Heino überlegte, warum waren sie weggelaufen? Sie hätten den Kampf doch eigentlich leicht aufnehmen können. Er als ehemaliger Boxer und Johannes mit seinem muskolösen Körper.

“Wir konnten sie in Stücke hauen. Warum sind wir weggelaufen?”

Johannes antwortete nicht. Für ihn gab es nur noch eins: Er mußte zum Institut. Er würde den Professor zwingen, sich die Geschichte anzuhören. Die Kollegen konnten schließlich nicht alle blind sein.

Wenn er den Professor überzeugen könnte, würden sich alle Tatsachen nicht mehr verschließen. Natürlich bestand die Gefahr, daß der Professor später die Entdeckung für sich in Anspruch nehmen würde, aber das mußte er riskieren.

Niemand schien sonderlich überrascht zu sein, weil Johannes plötzlich auftauchte. Es sah fast so aus, als hätte man ihn erwartet. Die Kollegen grüßten freundlich aber zurückhaltend. Ihr Begrüßungslächeln erstarb schneller als sonst. Johannes fühlte sich unwohl. Der sterile Geruch im Institut machte

ihn nervös. Heino saß draußen im Auto und wartete auf Johannes. Johannes wußte, daß er diese Sache alleine durchstehen mußte. Er ging durch die weißgekälkten Flure und dachte an Harriet. Schade, daß sie nicht bei ihm war.

Werner Heidunk sah gar nicht wie ein Professor aus. Er war Mitte fünfzig, hatte welliges schwarzes Haar und trug taillierte Oberhemden. Sein Äußeres war modisch salopp. Der Nimbus eines Frauenhelden umgab ihn. Niemand wußte, wie hoch sein Professorengehalt war - doch er finanzierte davon einen aufwendigen Lebenswandel. Er fuhr zwei schnelle Wagen, besaß eine Villa im Schwarzwald und unterhielt ständig zwei, drei kostspielige Freundinnen.

Er erwartete Johannes bereits. Er bot ihm einen Stuhl an. Johannes verzichtete. Händeringend erzählte er dem Professor von den Vorfällen im Dorf, seinen Untersuchungen, den Krankheitssymptomen und dem Besuch bei Jelinek.

"Da die AMAK immer noch das bewußte Pflanzen schutzmittel herstellt, muß dort auch täglich neuer giftiger Abfallstoff abgesondert werden. Ich frage Sie, Herr Professor, wo bleibt dieser Stoff? Jelinek blieb die Antwort darauf schuldig. Es liegt also nahe, daß auch dieses Gift täglich irgendwo abgelagert wird - ohne jeden Schutz für die Bevölkerung. Das würde bedeuten, daß wir in Kürze vor einer Katastrophe stehen. Wenn Sie meine Entdeckung bestätigen und den Fall an die Regierung weiterleiten, könnte vielleicht das Schlimmste verhindert werden. In jedem Fall muß die Fabrik geschlossen werden, bis alles geklärt ist,"

"Wie stellen Sie sich das vor, mein Lieber? Ich soll meinen Namen hinter Ihre schwachsinnige Idee stellen?
Nein und nochmals nein!"

"Aber kommen Sie nur eine halbe Stunde mit ins Labor und ich beweise Ihnen alles!"

"Das mag schon sein, aber deshalb machen Sie nicht gleich die Pferde scheu! Reißen Sie sich zusammen, Mensch! Was glauben Sie, wer Sie sind? Herr Jelinek ist ein großer Gönner unseres Instituts. Wir können ohne Spenden nicht leben. Wir schießen doch kein Eigentor. Lassen Sie die Finger von der Sache, und machen Sie, daß Sie wieder zur Vernunft kommen."

Johannes rang nach Luft.

"Das . . . das war deutlich genug" stammelte er und rannte aus dem Zimmer.

Eine Welt brach für ihn zusammen. War denn alles im Leben nur geheuchelte Fassade, das Gerede von der Unparteilichkeit der Wissenschaft, von dem Eigentum, das verpflichtet und dem Schutz, den der Staat den Bürgern liefert. Bin ich jahrelang als unwissender Idiot durchs Leben gelaufen? Ist alles nur Betrug? dachte Johannes. Er ging wie im Schlaf zum Archiv des Instituts. Die Kollegen, die ihm im Flur begegneten, sah er nicht. Er hatte einen Verdacht, dem er auf die Spur kommen mußte.

Eine Viertelstunde später hatte er Gewißheit. Jelinek befand sich nicht unter den Spendern für das Institut. Sein Name stand nicht auf der Ehrenliste der edlen Gönner. Das bedeutete, daß Jelinek den Professor bestochen hatte. Das alles durfte gar nicht wahr sein . . .

Johannes trottete zerstört zum Wagen zurück. Heino saß müde im Auto, ließ einen Arm aus dem Fenster hängen und rauchte. Johannes stieg nach hinten, ließ sich auf den Rücksitz fallen und sagte: "Fahr du, ich kann nicht mehr!"

"Da haben sie den Held der Nation wohl ganz schön in die Pfanne gehauen, wie?" maulte Heino und setzte sich hinters Steuer.

"Ach - laß mich, sprech mich bitte zwei Minuten nicht an, ich bin fertig. Laß mich jetzt einen Moment in Ruhe."
"Na ja, da waren wir ja wohl sehr erfolgreich bisher. Ich glaub' das beste wäre für mich - ich steige aus."
"Denkste, du bist ein wichtiger Zeuge - und da hängst du schon viel zu dick drin. Du kannst nicht mehr zurück."

16. Kapitel

“Tony, was machst du denn hier, ich denke, du bist . . .”
“Laß mich rein, schnell, ich darf nicht gesehen werden.” Tony drängte sich an Bob vorbei in die Wohnung.
“Schließ die Tür, Schnell! Erwartest du Besuch?”

Verwirrt sah Bob Tony an. Tonys Gesicht war eingefallen. Er war leichenblaß. Der zerknitterte Anzug war ihm viel zu groß. Seine fettigen Haare klebten am Kopf. Er trug keine Strümpfe in den Schuhen.
“Wie bist du hierhergekommen?”
“Frag’ nicht so blöd. Ich bin abgehauen. Aus dem Krankenhaus war das noch möglich. Ich wollte nicht warten, bis die mich ins Gefängnis stecken. - Was nun? Erwartest du noch Besuch?”
“Nee, woher denn?”
“Dann ist gut. Du hilfst mir doch weiter - oder nicht?”
“Hm . . . Du machst Dinger, wenn sie dich packen, wird alles nur noch schlimmer.”

“Red’ nicht! Gib mir einen Schnaps und hau mir ein paar Eier in die Pfanne. Ich bin fast vier Stunden gelaufen. Bin ganz schön fertig.”

Kopfschüttelnd ging Bob in die Küche. Ob er Evi wirklich umgebracht hat? dachte Bob.

Tony zog seine Jacke aus und betastete seinen Verband. Blut sickerte wieder durch.

Bob kam aus der Küche und stellte mit seinen verkrüppelten Händen ein volles Schnapsglas auf den Tisch.

"Mit der Wunde kommst du nicht weit. Du gehörst ins Krankenhaus."

Tony kippte den Schnaps.

"Was hast du jetzt vor? Du kannst doch nicht immer hierbleiben?"
"Im Krankenhaus hat mich ein Journalist besucht. Er wußte Lisas Adresse. Sie hatte ihm auch von mir erzählt. Heute nacht mache ich mich auf den Weg zu ihr. Sie wird mich zwar nicht in guter Erinnerung haben, aber dort vermutet mich keiner."
"Falls du inzwischen nicht schon verblutet bist."
"Ach, sei ruhig. Mach mir lieber ein paar Eier."

Wortlos begab sich Bob an die Arbeit. Er wußte nicht, was er von der Sache halten sollte, aber er durfte einen alten Freund nicht hängen lassen, das war klar.
Als er aus der Küche zurückkam, war Tony ohnmächtig.
Was jetzt? dachte Bob, was mach' ich jetzt? Ob ich einen Arzt rufen soll? Vielleicht - aber nein, man würde ihn sofort wieder verhaften. Was mach ich nur?

17. Kapitel

Heino bremste scharf vor Charlies Kneipe. Johannes stieß die Tür auf und stieg aus dem Wagen. Sein durchgeschwitztes Hemd klebte am Körper.

Harriet lief ihm entgegen. Sie warf ihre Arme um Johannes und klammerte sich an ihn.

“Laß uns hier weg, bitte! Ich halte es hier nicht mehr aus. Ich kann nicht mehr! Bring mich hier weg! Bitte, Johannes! Bitte!”

Er überlegte.

“Nein”, sagte er entschieden. “Nein, wir dürfen jetzt nicht aufgeben. Es geht jetzt um mehr, viel mehr!”

Harriet drückte sich noch viel fester an Johannes. Er zog sie beiseite.

“Meine Theorie war richtig. Mehr noch! Jelinek lagert auch woanders Gift. Und der Professor am Institut arbeitet mit Jelinek zusammen. Wir stehen auf ziemlich verlorenen Posten. Aber jetzt geht es nicht mehr um meine Ehre als Wissenschaftler. Zuerst wollte ich nur . . . ach, du weißt, ich bin sehr ehrgeizig. Aber das spielt jetzt keine Rolle mehr. Es geht um die Lebensinteressen von Tausenden, vielleicht Millionen. Da kann man nicht einfach kneifen!”

“Ja, du hast recht”, sagte Harriet mit brüchiger Stimme. Fast hätte sie geheult. Es war eben ein bißchen viel auf sie eingestürzt in den letzten Tagen.

Johannes neigte seinen Kopf zu ihr. Er wollte sie küssen. Doch dann führte er sie in die Kneipe.

Emmy sah in ihrem Kittel schmuddelig aus. Ihre unwirschen Bewegungen machten Heino nervös. Er wollte zur Erfrischung ein Bier trinken. Seine Kehle war ausgetrocknet. Er wußte nicht, wie alles jetzt weitergehen sollte. Johannes und Harriet gingen aufs Zimmer. Johannes wollte sich frischmachen. Er zog sein Hemd aus. Harriet legte es weg.
"Hast du noch ein frisches?"
"Warum?"
"Na ja, es riecht. Du hast wohl sehr geschwitzt? Ich kann es dir auswaschen, wenn du willst."

Johannes lächelte.

"Wie lieb du um mich besorgt bist. Fast als wären wir verheiratet. Aber laß nur. Ich habe noch ein frisches Hemd im Koffer."
"Trotzdem!" sagte Harriet.

Johannes ging ins Bad, lehnte die Tür an und stellte sich unter die Dusche. Das eiskalte Wasser machte ihn wieder fit. Mit einem kratzigen Handtuch rubbelte er sich ab.
"Du hast doch bestimmt Durst!" rief Harriet.
Noch tropfnaß erschien Johannes an der Tür, hielt sich ein Handtuch vor und stöhnte übertrieben: "Ja!"

Harriet ging hinunter und holte ihm einen Orangensaft. Als sie wieder heraufkam, war Johannes schon angezogen.
“Orangensaft? Wieso das?”
“Weil ich Biergeruch nicht mag”, sagte Harriet. “Und nun zieh das Hemd ruhig wieder aus. Ich wasche es dir.”
Harriets Gesicht verriet, daß es ihr Spaß machte, Johannes ein wenig zu bemuttern.
Wahrscheinlich muß sie sich einfach irgendwie beschäftigen, dachte Johannes.
Sie riß das Hemd fast von seinen Schultern.
“Deine anderen Sachen kannst du mir auch bringen. Wenn wir schon an diesem schrecklichen Ort bleiben müssen, dann wollen wir wenigstens nicht verdrecken!”

Harriet legte das Hemd zu ihrer schmutzigen Wäsche.
Johannes zog sie an sich.
“Sag mal, Harriet, hast du das schon mal gemacht?”
“Was?”
“Hast du schon öfter Spaß daran gehabt, für einen Mann schmutzige Wäsche zu waschen?”
“Nein, aber bilde dir nur nicht ein, daß . . .”

Johannes küßte sie.

Johannes ließ seine Hände über Harriets Körper gleiten. Sie wühlte ihm in den Haaren und zog ihn tiefer zu sich. Er fingerte nach ihrem Rocksaum und zog ihn langsam höher.

Harriet flüsterte irgendetwas.

Johannes verstand sie nicht. Er wollte jetzt auch nicht die Stimmung durch so eine dämliche Frage wie: "Was hast du gesagt?" unterbrechen. Also sagte er nichts, küßte sie lieber und tastete sich weiter vor.

Obwohl er gerade erst kalt geduscht hatte, bekam er schon wieder schweißnasse Achselhöhlen.

Plötzlich hörten sie unten Schreie.

"Laß mich in Ruhe! Faß mich nicht an! Ich will nicht auch noch angesteckt werden! Ich habe genug davon! Hau ab!"

Dann kreischte Emmy: "Bist du wahnsinnig? Steck den Revolver weg!"

Johannes und Harriet stürmten hinunter.

Heino stand an der Theke und hielt seinen Revolver auf Charlie gerichtet.
"Helfen Sie mir!" brüllte Emmy. "Er ist wahnsinnig geworden!"
Charlie stürzte sich auf Heino. Ein Schuß krachte. Charlie brach zusammen. Wie angenagelt stand Heino am Tresen. Er ließ den Revolver sinken. Stöhnend wälzte Charlie sich am Boden. Emmy fiel auf die Knie.
"Er hat ihn umgebracht!"
Heino ließ den Revolver fallen und schluchzte. Er begann zu heulen wie ein kleines Kind.

Emmy und Harriet kümmerten sich um Charlie. Johannes nahm den Revolver an sich. Heino klammerte sich an Johannes und weinte: “Ich kann nicht mehr. Ich will hier weg. Ich will nicht krank werden. Er wollte mich anstecken. Versteh das doch! Er wollte mich anstecken!”

Angewidert stieß Johannes ihn ab.

“Laß mich, du Schwein! Du gehörst in eine Anstalt!”

Mit einem erschütternden Schrei stürzte sich Heino auf Johannes. Eine wüste Prügelei begann.

Heinos Augen quollen hervor. Speichel lief in langen Strömen aus seinem Mund. Sein Gesicht verzerrte sich zu einer Fratze. Er hechelte wie ein erschöpfter Hund, doch Johannes Faustschlag warf ihn nicht um, obwohl er ihn voll traf. Heino schien den Schmerz nicht zu empfinden. Er packte Johannes, hob ihn hoch und warf ihn hinter die Theke. Dann duckte er sich, machte seine Hände zu Klauen und griff die Frauen an. Emmy kroch über den Boden und suchte sich eine sichere Ecke. Harriet zerkratzte ihm das Gesicht. Er warf sich auf sie und zerriß ihr die Bluse. Harriets Fingernägel hinterließen tiefe, blutige Furchen in seinem Gesicht. Doch er keuchte nur und ging erneut auf Harriet los.

Sie schnappte sich einen Stuhl und versuchte sich damit vor ihm zu schützen. Doch Heino entriß ihr den Stuhl mit einer Hand. Er warf sie zu Boden und kniete sich auf sie. Mit tierischer Kraft würgte er sie. Harriet röchelte.

Hinter der Theke stand Johannes auf. Beim Fallen hatte er den Revolver verloren. Er lag auf dem Boden. Johannes hob ihn auf.

Soll ich ihn niederknallen? Soll ich?

Johannes Hände zitterten. Ein Schuß peitschte durch den Raum. Er durchschlug die Klotür. Emmy kreischte. Charlie stöhnte und versuchte aufzustehen.

Heino drehte sich - durch den Schuß aufgeschreckt - zu Johannes um. Für einen Augenblick konnte Harriet sich aus seiner Umklammerung lösen.

“Hilf mir! Hilf mir! Er bringt mich um!”

Johannes hechte über die Theke. Heino ließ von Harriet ab und erhob sich, um Johannes zu empfangen. Wütend schlug er nach ihm.

Harriet rieb sich den geschundenen Hals und japste nach Luft. Johannes landete seine Rechte in Heinos Magengrube. Heino brüllte auf. Doch unbeeindruckt von dem Schlag ging er wieder auf Johannes los.

Johannes hatte das Gefühl, gegen eine Maschine zu kämpfen. Heino grapschte nach Johannes Kopf. Er faßte ihn bei den Haaren und riß ihn auf die

Knie. Dann trat er auf ihn ein. Von Schmerzen fast betäubt, versuchte Johannes ihm die Beine vom Boden zu reißen. Doch Heinos Kräfte machten es unmöglich. Heino trat ihm ins Gesicht. Blut schoß aus Johannes Nase, seine Augenbrauen platzten auf. Er sah nichts mehr. Emmy rannte zur Tür. Sie lief hinaus und schrie um Hilfe.

Harriet fischte sich eine Flasche vom Tresen und eilte Johannes zur Hilfe, der nur noch Heinos blutiger Spielball war. Harriet gelangte hinter Heino. Mit aller Kraft zertrümmerte sie die Flasche auf seinem Kopf. Blut sprudelte zwischen den Haaren hervor. Heinos Augen verdrehten sich. Nur noch das Weiße seiner Pupillen war zu sehen. Er fiel zurück. Harriet sprang zur Seite. Heinos schwerer Körper krachte auf den Boden.

Erschrocken sah Harriet, was sieh getan hatte. Ein großer Glassplitter steckte in Heinos Kopf. Blut tropfte und lief in dicken Rinnsalen an Heinos Kopf herunter.

Johannes versuchte aufzustehen, doch er sackte wieder in sich zusammen. Er hielt sich die Hände vor sein blutverschmiertes Gesicht. Harriet stützte ihn. Sie schleppte ihn die Treppen hoch.

“Jetzt wird alles gut. Du brauchst keine Angst haben. Alles ist vorbei. Ich wasch dir dein Gesicht, dann ein Pflaster und . . .”
“Hier herein . . .” krächzte Emmy und führte zwei Soldaten in die Kneipe.

"Auweia, das sieht ja böse aus, die fahren wir am besten zum Krankenhaus. Keine Sorge, das wird schon wieder. Wollen Sie mitfahren?"
"Ja."
"Und was ist mit dem da?" fragte einer der Männer und zeigte auf Johannes.

Harriets Finger krampften sich in seine Arme.

"Um den kümmere ich mich schon. Lassen Sie nur, ist halb so schlimm."
"Wenn Sie meinen."

Die Soldaten trugen erst Heino, dann Charlie raus. Noch während Harriet Johannes ins Zimmer transportierte, fuhren sie los.

"Ich bin Ihnen ja so dankbar, daß Sie sofort angehalten haben", sagte Emmy zu den verwirrten Soldaten. "Ich wußte gar nicht, was ich tun sollte."

Harriet legte Johannes aufs Bett und wusch ihm mit einem nassen Lappen das Gesicht ab. Sie kramte Jod und Pflaster aus ihrer Handtasche und verarztete ihren Patienten so gut sie konnte.

Er wurde mehrmals ohnmächtig. Doch in wachen Momenten sah er seine Pflegerin dankbar an, nahm ihre Hand und flüsterte etwas Unverständliches.

Harriet saß fast zwei Stunden neben seinem Bett, bis er wieder einigermaßen klar war.
"Tut es noch sehr weh?"
Johannes wimmerte leise. Er tastete sein Gesicht

vorsichtig ab. Seine Finger befühlten das Pflaster über den schmerzenden Augenbrauen.
"Danke", flüsterte er, "Danke."
Harriet küßte sein zerschundenes Gesicht. "Ich hatte Angst um dich."
"Ich weiß. Ich auch."
"Wir sind ganz allein."
"Schön. Ich bin gern mit dir allein."
Wieder küßte Harriet ihn. Kühlend lagen ihre Lippen auf seiner Stirn. Er zog sie aufs Bett. Sie legte sich neben ihn und streichelte ihn. Johannes wollte sie an sich drücken, doch mitten in der Bewegung hielt er inne. Seine Glieder schmerzten bei jeder Bewegung.
"Du bist ganz voller blauer Flecken. Hoffentlich hat er dir nicht die Rippen gebrochen."
"Ich glaube kaum, aber wir haben mal wieder gesehen, wie gefährlich das Gift ist. Mein Gott, wer weiß, wie viele Menschen sich bald genauso aufführen werden. Im Kaufhaus, im Restaurant, auf der Arbeit, auf der Autobahn."

Johannes griff sich an den Kopf. "Stell dir das vor."

Harriet schüttelte den Kopf.

"Wir werden es verhindern! Wir müssen es verhindern!"

18. Kapitel

Das kalte Tuch auf Tonys Stirn tat seine Wirkung. Langsam öffnete er die Augen. Lisa tupfte die schweißnassen Lippen ab.

Tony verstand das nicht ganz. Er lag in Bobs Wohnung und Lisa saß neben ihm. Er versuchte zu sprechen. Seine Zunge war pelzig und ließ sich nicht bewegen.
“Soll ich dir Wasser holen?”

Er nickte krampfhaft.

Lisa ging in die Küche. Bob trat in Tonys Sichtfeld. Tony sah ihn fragend an.

“Ich habe sie angerufen. Ich wußte nicht, was ich tun sollte. Du warst fünf Stunden bewußtlos. Ihre Telefonnummer stand auf dem Zettel in deiner Jacke. Sie kam sofort, als sie hörte, daß du sie brauchst. Muttergefühle . . .”

Idiot, dachte Tony. Sie hätte auch die Polizei benachrichtigen können. Schließlich habe ich sie vor einer Woche mehr oder weniger vergewaltigt. Vielleicht hat es ihr Spaß gemacht?

“Muttergefühle sind es, die sie dir entgegenbringt. Seit sie hier ist, gebärdet sie sich wie eine Raubkatze, der man die Jungen weg . . .”

“Haben Sie keine Milch?” rief Lisa aus der Küche.
“Milch? Nee, warum?”
“In seinem Zustand kann er doch kein Bier trinken!”

“Ich bin nicht darauf eingerichtet, hier Leute zu pflegen. Aber im Schrank müßte noch Sprudel stehen.”

Tony verzweifelte. Was sollte jetzt werden? Er hatte kein Geld und war auch nicht in der Lage, sich welches zu beschaffen. Er brauchte dringend einen Arzt, eine neue Blutzufuhr, einen frischen Verband, ein sicheres Versteck, ein Fluchtauto.

Mit einem Glas Sprudel kam Lisa aus der Küche. Tony versuchte, sich aufzurichten. Lisa hielt ihm das Glas an die Lippen. Er schluckte schwer. Lisa schüttelte ihm das Kissen auf. Er legte sich wieder zurück.

“Mein Gott, wie soll das enden?”

Lisa sah Tony leiden. Es quälte sie, sein verkrampftes Gesicht zu sehen. Das war er also, der große Held, der die Fliegen nicht fürchtete, der über Charlies Angst lachte, der ihr völlig selbstverständlich die Bluse öffnete, der Held mit dem Kinogesicht. Mal Django, mal de Sade. So wie seine Stärke sie anzog, um bei ihm Unterschlupf zu finden, so wie seine kalte Überlegenheit sie abstieß, so sehr zog seine Hilflosigkeit sie jetzt an. Am liebsten hätte sie ihn auf den Arm genommen und wie ein kleines Kind gewiegt.

Tony stöhnte. “Wenn ich nur nicht so verdammt schwach wäre . . .”
“Du mußt ganz ruhig liegen. Wenn es dir etwas

besser geht, bringe ich dich nach Hamburg. Da wohnt meine Schwester. Sie ist Arzthelferin. Sie flickt dich schon wieder zusammen, hoffe ich."

Tony öffnete den Mund. Er sprach langsam. Unbeholfen formten seine Lippen Laute. Sein Gesicht verzerrte sich.
"Warum . . . w . . . warum tust du das für mich?"
Lisa zuckte die Schultern, lächelte verlegen und streichelte seinen Arm.
Tony zitterte.
"Frierst du?"
Tony nickte.
Bob schüttelte den Kopf.
"Bei der Schwüle!"
Lisa legte behutsam eine Decke über Tony. Seine Augenlider wurden wieder schwer. Er dämmerte, dann schlief er ein.

19. Kapitel

"Ja, also, das war so. Charlie kam plötzlich aus dem Schlafzimmer und verlangte einen Schnaps. - Er ist nämlich - ich meine - er braucht ziemlich viel . . . ich sagte ihm noch: Bleib' im Bett. Du bist noch zu schlapp. Aber nix, der wollte seinen Schnaps. Und dann ging er auf Heino zu und wollte ihm die Hand geben. Heino schrie ihn an, er solle ihn in Ruhe lassen, er gehöre in ein Krankenhaus und so. - Mit diesen ekligen Pickeln im Gesicht und auf den Armen sah er ja auch nicht gerade . . . also, Charlie kümmerte sich nicht darum und wollte sich zu Heino stellen. Da reißt der plötzlich einen Revolver aus der Tasche. Und da kamt ihr auch schon. Im Krankenhaus haben sie gesagt, daß Charlies Verletzung nicht so schlimm ist. Aber wegen seiner anderen Krankheit wollten sie ihn dabehalten. Heino wurde gleich operiert. Er hatte Glas im Kopf. Aber auch nicht weiter schlimm - sagte der Arzt. Mehr weiß ich auch nicht."

Harriet atmete auf. Sie befürchtete, ihr Schlag hätte Heino umbringen können. Auch Johannes stand wieder sicher auf den Beinen, er hätte sich zwar gern noch eine Weile Harriets Pflege hingegeben, doch die Zeitung, die Emmy aus der Stadt mitbrachte, rüttelte ihn auf. Wenn die Sache nicht so verdammt ernst und traurig gewesen wäre, hätte er gelacht.

Der Artikel auf der ersten Seite bestand aus einer gigantischen Lüge und viel dummen Geschwafel. Detlef Schmidt, der große Sensationsreporter, berichtete über Professor Heidunks Theorie zu der Fliegenschwemme.

Heidunk hatte in angeblich sehr intensiven und aufwendigen Untersuchnungen festgestellt, daß es sich bei den Fliegen um eine asiatische Art handele, die höchstwahrscheinlich durch Gastarbeiter oder Touristen eingeschleppt wurde. Auch sei die "Fliegenkrankheit" bisher in Europa völlig unbekannt und daher falle die Behandlung so schwer. Man habe sich aber bereits mit ausländischen Kollegen über den Import eines Impfstoffes geeinigt, der mit großer Wahrscheinlichkeit eine weitere Ausbreitung der "Fliegenkrankheit" verhindern könnte. Johannes fluchte, dann las er laut den weiteren Text vor.

"Die Fliegen tauchten zuerst in einem kleinen Dorf in der Nähe eines Militärflughafens auf. Inzwischen werden auch Fliegenschwärme in Norddeutschland und Bayern gemeldet. Zur Zeit beschäftigt sich auch das Verteidigunsministerium mit der Angelegenheit. Der Verteidigungsminister verweigerte jedoch bisher jede Stellungnahme.

Bis jetzt forderte die Krankheit sieben Todesfälle. Weitere sechzig Erkrankungen sind bekannt, die Dunkelziffer soll jedoch weit höher liegen. Das Gesundheitsministerium und die Ärzteschaft bitten die Bevölkerung bei den geringsten Anzeichen . . ."

Zum erstenmal in seinem Leben verspürte Johannes Lust, eine Bombe in eine Zeitungsredaktion zu legen.

"Das ist alles erstunken und erlogen! Warum rückt der Professor nicht mit der Wahrheit raus? Warum will er nicht, daß ich den Fall weiterverfolge? Ist dieser gottverdammte Jelinek denn so mächtig? Heidunk kennt die Wahrheit! Warum deckt er Jelinek?"
"Vielleicht sitzt der im Aufsichtsrat der AMAK?" sagte Harriet.
"Quatsch, das wüßte ich längst. Im Institut bleibt sowas nicht lange geheim. Da steckt was ganz anderes dahinter. Dieser Heidunk ist doch von allen

das mieseste Schwein! Seinen Studenten erzählt er: Die Wissenschaft ist neutral. Sie steht nicht im Interesse einer Partei oder einer gesellschaftlichen Gruppe. Die Wissenschaft ist nicht gut und böse. Sie nährt sich aus einfacher Logik. Sie steht jenseits von Eigennutz und Profitinteresse."

Johannes merkte, daß er Heidunk zu sehr nachäffte. Er kam sich lächerlich vor. Diese Theatervorstellung wäre nicht nötig gewesen. Es brannten andere Probleme auf der Haut.

"Oh, ich könnte dieses Schwein . . . Ob der überhaupt über die Konsequenzen nachgedacht hat?"
"Was hast du vor?"
"Ich war nie ratloser."
Harriet zündete sich eine Zigarette an.
"Ich habe einen Vorschlag. Ich kenne einen jungen Journalisten, der erst seit kurzer Zeit bei einer Illustrierten arbeitet. Wir werden ihn aufsuchen und ihm die ganze Story auf den Tisch legen. Der wird sich die Finger nach dem Stoff lecken. Der ist nämlich nicht im Aufsichtsrat der AMAK. Und mir glaubt er alles. Er war mal rettungslos verknallt in mich."
Johannes Gesicht erhellte sich.
"Warum nicht. Zu einer anderen Zeitung - bei der man uns nicht kennt - können wir sowieso nicht gehen. Man würde uns auslachen. Also los. Wir haben keine Zeit zu verlieren.
"Dann bin ich wohl ganz allein im Haus. Vielleicht sogar im Dorf?" sagte Emmy nachdenklich. Ihre Stimme hatte einen ängstlich-traurigen Tonfall.

"Sollen wir Sie in die Stadt mitnehmen?"
"Nein, nein. Ich bleibe hier. Wo sollte ich denn sonst hin?"
"In ein Hotel."
"Tz, in ein Hotel. Und wer sieht hier nach dem Rechten? Nee, ich muß hierbleiben."
"Wir nehmen Heinos Auto", entschied Johannes.

Sie packten ein paar Sachen zusammen und brausten los.

20. Kapitel

Horst-Dieter Glötz hauste in einer Zweizimmerwohnung. Mehrer Matratzen dienten als Sitz- und Schlafgelegenheit. Große Schwarzweiß-Fotografien seiner Freundin hingen an den Wänden und machten Tapeten überflüssig. Ein Fernseher stand auf dem Boden. Außer einem rießigen Bücherregal und einem kleinen Kleiderschrank fehlte jedes Mobilar.

Horst-Dieter fühlte sich wohl in seiner Bude. Er teilte sie von Zeit zu Zeit mit anderen Frauen, was ihn aber nicht daran hinderte, mit Rita verlobt zu sein. Harriet und Johannes ließen sich auf einer Matratze nieder. Horst-Dieter schenkte ihnen Pflaumenschnaps ein. Sie stellten die Gläser auf den Boden.

Während Harriet und Johannes ihre Geschichte erzählten, wusch Rita sich im Nebenzimmer nur mit einem Slip bekleidet über einem winzigen Spülstein. Mit argloser Selbstverständlichkeit ließ sie dabei die Tür offen.

Johannes war kaum in der Lage, sich auf das Gespräch zu konzentrieren. Ab und zu kam Rita - mit Seifenschaum im Gesicht - ins Zimmer und leistete einen Diskussionsbeitrag.

“Das ist ja fantastisch! Der junge Biologe kämpfte gegen die mächtige Firma und den korrupten Professor. Erstens muß diese Schweinerei an die Öffentlichkeit, damit ein Schlußpunkt darunter gesetzt wird, zweitens wird man dann vielleicht endlich wirksame Kontrollen in den Firmen einführen. - Im Grunde stellt diese Geschichte unsere ganze Gesellschaftsordnung in Frage! Denn durch die staatlich genehmigte Profitwirtschaft des Herr Jelinek werden tausend und mehr Menschen gefährdet. Er umgeht oder besticht die ohnehin spärlichen und unwirksamen staatlichen Kontrollstellen. Die Sache publiziere ich! Den Herren werden wir eins auswischen! Noch heute schreibe ich den Artikel. Morgen gehe ich damit zur Redaktion und dann sieht der Herr Jelinek seine Felle schwimmen, und mit ihm schwimmt der saubere Professor.”

Johannes war sichtlich erleichtert. Alles schien sich zum Guten zu wenden.

Rita zog sich eine Jeans und einen Pullover über und fotografierte Harriet und Johannes von allen Seiten. “Dein zerschlagenes Gesicht macht sich gut zu dem Artikel!” meinte Horst-Dieter.

Bevor Harriet und Johannes gingen, sahen sie sich eine Fotocollage an. Das Bild zeigte einen Arbeiter, der ein Plakat mit der Aufschrift: "Die Luft gehört allen", hochhielt. Hinter ihm stand ein Unternehmer. In einer Hand hielt er eine Fabrik und in der anderen ein Schild: "Und wir bestimmen ihren Giftgehalt!"
Das wird auch bald aufhören, dachte Johannes.

Harriet und Johannes nahmen sich in der Stadt Zimmer - nein, kein Doppelzimmer. Sie gingen in ein China-Restaurant und dann schlafen. Harriet war lange wach in ihrem Bett. Warum hatte Johannes kein Doppelzimmer bestellt? Sie stand auf, huschte im Nachthemd über den Flur, klopfte bei Johannes, der schlaftrunken öffnete, und kuschelte sich in sein Bett.
"Manchmal stellst du dich wirklich reichlich blöd an!" sagte sie.

21. Kapitel

Am frühen Morgen klopften die Soldaten an jeder Tür und erklärten den Bewohnern, daß sie ihre Wohnungen bis spätestens 15 Uhr zu verlassen hätten.

"Am besten packen Sie die nötigsten Sachen zusammen. Schmuck, Geld und so. Lassen sie nichts da! Soviel ich weiß, soll das Dorf niedergebrannt werden."
Emmy wurde blaß.

"Wie bitte?"

"Ich weiß natürlich auch nichts Genaues, aber wir sollen alle Leute mit ihrem Hab und Gut aus dem Dorf bringen. Hier soll gegen 18 Uhr eine militärische Aktion starten. Man will die Fliegen vernichten. Mehr weiß ich auch nicht. Man befürchtet, daß sie sich sonst weiter ausbreiten. Also, sehen Sie zu, daß Sie fertig werden. Um 15 Uhr holen wir Sie hier ab."

Emmy brauchte eine Weile, bis sie begriffen hatte, worum es ging. Nervös und ratlos lief sie auf und ab. Sie packte ihre Kleider in einen Koffer, kratzte Geld zusammen und trug alle teuren Flaschen in den Keller. Dort waren sie vielleicht sicher. Emmy weinte. Wenn Charly wenigstens da wäre. Was sollte sie denn machen? Man wollte ihr Haus niederbrennen, Ihre Wirtschaft, die sie sich in zwanzigjähriger Arbeit aufgebaut hatten. Was sollte jetzt werden? Wer würde eine Entschädigung zahlen? Gab es für solche Fälle eine Entschädigung? Zahlte das die Feuerversicherung? Emmy verzweifelte. Sie war am Ende ihrer Kräfte.

22. Kapitel

"Nicht aufmachen! Um Gottes Willen nicht aufmachen. Sie wollen Tony holen. Sie wollen ihn mir wegnehmen. Sei ganz still. Dann denken sie, es sei niemand da. Vielleicht gehen sie wieder", flüsterte Lisa.

Bob schüttelte den Kopf.

“Blödsinn! Das sind doch Soldaten. Und woher sollten die überhaupt wissen, daß Tony hier ist?” raunte Bob.

Lisas Gesicht verzerrte sich. Sie klammerte sich an Bobs Arm.

“Vielleicht sehen sie in jedem Haus nach. Die können sich doch denken, daß Tony hierher zurückkommt. Laß’ sie nicht rein, Bob. Ich bitte dich!”

“Die Vögel sind schon ausgeflogen. Ist sowieso kaum noch einer hier – um so besser”, sagte einer der Soldaten. Sie gingen zum nächsten Haus.

Lisa hockte sich hinters Fenster und schielte ihnen nach.

“Siehst du, jetzt klopfen sie am nächsten Haus. Sie suchen ihn. Ganz klar. Wir müssen uns ruhig verhalten.”

Tony stöhnte leise. Bob ließ sich in einen Sessel fallen und dachte nach. Was hatte das zu bedeuten? Soldaten. Wieso Soldaten?

23. Kapitel

Nachdem man Emmy und vier andere Personen aus dem Dorf gebracht hatte, konnte die Aktion anlaufen. Man fuhr die Leute in die Stadt. Emmy und ein älterer Herr wurden hysterisch.

"Kommen Sie doch zur Vernunft! Niemand will Ihre Existenz vernichten. Sie bekommen alles ersetzt. Das garantiere ich Ihnen. Irgendeiner kommt bestimmt dafür auf. Vielleicht der Staat. Außerdem ist gar nicht gesagt, daß Ihrem Haus was passiert. Wie bringen Sie doch nur vorsichtshalber in Sicherheit. Werden Sie doch vernünftig, verdammt!"

Vier Grüppchen rückten mit Flammenwerfern ins Dorf ein. Drei Hubschrauber überwachten die Aktion.
Die Soldaten bewegten sich langsam. Fast lahm. Sie sollten den Fliegenherd einkreisen und vernichten. Aber das war gar nicht so einfach, denn zur Zeit wußte man nicht wo sich die Fliegen aufhielten.
Da sie oft in der Nähe des Müllplatzes gesichtet worden waren, entschied man gleich zu Beginn, den Müllplatz niederzubrennen. Um sicherzugehen, goß man in langen Furchen Öl über den Platz.
Die Männer schwitzten erbärmlich in ihren Schutzanzügen. Schwer lasteten die Flammenwerfer auf ihren Schultern.

Hinter den Männern standen sechs Löschzüge bereit, um die Wohnhäuser vor zu großer Verwüstung zu bewahren. Eine Gefahr, daß das Feuer sich ausbreiten könnte, bestand nicht. Trotzdem wurden auch den altgedienten Feuerwehrleuten die Hände feucht.
Sie fürchteten nicht die Flammen. Was ihnen Angst machte, waren die Fliegen und die berüchtigte Krankheit.

Öllachen machten sich auf dem Müllplatz breit. Es sah fast aus, als wollten die Männer die Fliegen ertränken.
Ein unerschrockener Spaßvogel fragte seinen Kollegen, ob er eine Zigarette für ihn habe, doch niemand konnte über diesen Witz lachen.

Rund ums Dorf standen Fotografen und erhofften sich die Sensation ihres Lebens. Irgendwie war die Sache durchgesickert. Auch das Fernsehen war da.

Einige Feuerwehrleute kamen sich vor wie Statisten in einem gewaltigen Film.

“Ob mich meine Frau im Fernsehen wiedererkennt?”
“Hoffentlich geben die bald Zunder, damit wir zeigen können, was in den Schläuchen steckt.”

Der Einsatzleiter von Feuer- und Bundeswehr gab pausenlos Interviews.

Die Hubschrauberbesatzungen sahen die Fliegen zuerst, doch da war es schon zu spät. Wie ein Hagelgewitter brach der Fliegenschwarm über die Soldaten her. Sie warfen sich auf die Erde oder rannten schreiend weg. Beides war sinnlos. In dicken Klumpen prasselten die Fliegen auf sie nieder und fraßen an jedem Stoffetzen. Verzweifelt versuchten einige Soldaten, sich mit ihren Flammenwerfern zu verteidigen. In wenigen Sekunden machte der Gestank toter, verbrannter Fliegen die Luft unerträglich. Wie brennende, zerfressene Wolken gingen Millionen Fliegen zu Boden. Sie schwirrten

sinnlos durch die erhitzte Luft und verreckten.

Doch es waren zuviele. Die ersten Soldaten wälzten sich unter Fliegen begraben auf dem öligen Boden. Schreie drangen hoch bis zu den Hubschraubern.
Irgendwer schoß wie wahnsinnig durch die Gegend. Doch auch der Lärm seines Revolvers rettete ihn nicht vor den Fliegen. Erbarmungslos griffen sie alles an.

Sekunden später stand der Müllplatz in Flammen. Für fünf Soldaten gab es kein Entkommen mehr. Die anderen retteten sich in den Schutz der umherliegenden Häuser. Hoch über den lodernden Flammen bewegte sich eine gigantische Fliegenwolke, die unruhig zitternde Schatten auf die gespenstische Szene warf.

In den Hubschraubern brach Panik aus. Einige Soldaten prügelten sich.
“Runter! Wir müssen die anderen wegbringen!”
“Bist du wahnsinnig! Willst du uns umbringen? Weg hier! Schnell!”
Die Hubschrauber standen über der dichten Fliegenwolke, die ihnen jede Sicht nahm.
“Willst du etwa da durch?”
“Ihr seid ja alle wahnsinnig!”

Um der Hitze zu entgehen, stiegen die Fliegen höher. Sie kamen in bedenkliche Nähe der Hubschrauber. Der erste drehte ab. In den beiden anderen stritt sich die Mannschaft. Sechs Löschzüge, die man bereithielt, um das Feuer einzudämmen zu können, rollten heran, um die Soldaten aus dem Feuer zu retten.

Plötzlich zerriß die Fliegenwolke. Der riesige Schatten löste sich in kleine, schwarze Felder auf. Die Löschzüge zogen die Fliegen magisch an.

Verwirrung. Chaos.

Hilflose Schreie zum Himmel blieben ungehört. Fliegen erstickten die Rettungsaktion. Einer der Löschzüge raste in ein Bauernhaus, da die Fliegen auf der Windschutzscheibe dem Fahrer die Sicht nahmen. Während sich die Flammen dem Wagen näherten, verbluteten darin der Fahrer und sein Beifahrer.

Ein brennender Soldat rannte quer über die Landstraße und brach vor einem Löschzug zusammen.

Rasend breiteten sich die Flammen aus. Das Fliegenheer verzog sich zum Schwimmbad.

24. Kapitel

Zusammengesackt hockte Horst-Dieter Glötz auf einer Matratze. Auch der Whisky konnte seine Wut nicht mindern, doch er legte sich wie ein Nebelschwaden über alle Probleme. Röte kroch in Johannes' Gesicht hoch, als er Horst-Dieter so fand.

“Wir dachten, du alamierst die Weltöffentlichkeit, und dabei besäufst du dich!” bellte Johannes.

Auch Harriet war außer sich.

“Reg' dich nicht auf, mein Freund – die alten Ärsche haben mich an die Luft gesetzt. Aus dem Artikel wird nichts!” lallte Horst-Dieter.
“Warum? Warum? Verdammt!”
“Mein Boß, der alte Savk, hat mir erklärt, daß wir von der Werbeabteilung der AMAK jährlich Aufträge von fast einer Million kassieren. Für Waschpulver und so. Das will er nicht aufs Spiel setzen. Außerdem sei die ganze Geschichte erlogen. Das Militär kümmert sich jetzt darum. Und jetzt brennen sie das ganze verdammte Scheißdorf ab.”

Harriet nahm Johannes bei der Hand und zog ihn aus der Wohnung.

“Wir müssen hin! Sofort.”

Johannes holte das Letzte aus dem Wagen heraus. Fast hätte er auf der Autobahnauffahrt einen Unfall gebaut. Nur Harriets schneller Reaktion war es zu verdanken, daß sie sicher ihr Ziel erreichten.

Schon aus einiger Entfernung sahen sie Rauchwolken. Dann das Flammenmeer. Es spuckte zuckende winzige Fliegenleiber aus.

Man ließ Harriet und Johannes nicht durch die Absperrung.

“Wir können bei Ihnen keine Ausnahme machen! Was glauben Sie, wie viele Journalisten heute schon durch die Absperrung wollten. Für die haben wir dahinten einen Leiterwagen aufgestellt. Da können auch Sie Ihre Fotos schießen."

Johannes ließ den bewaffneten Mann stehen.

"Oh nein! Wie kann es soviel Unrecht auf der Welt geben. Wenn jetzt alles niederbrennt, kann man nachher dem alten Jelinek nichts mehr beweisen. Das ist ein abgekartetes Spiel, bei dem sogar einige Leute im Verteidigungsministerium mit von der Partie sind. Oder kannst du mir diese Aktion anders erklären? Mit einem Streich sind alle Sorgen gelöst. Die Öffentlichkeit, die langsam nachdenklich wurde, hat eine Erklärung für das Fliegenphänomen. Man kann wieder beruhigt schlafen, und niemand wird Nachforschungen betreiben. Aber die Suppe werden wir ihnen versalzen. Ich schweige nicht über das, was ich weiß. Es muß einen Weg geben. Muß! Muß! Muß!"

Natürlich stand auch Detlef Schmidt auf dem Leiterwagen. Das war der krönende Abschluß für seine Artikelserien in fünf verschiedenen Zeitungen. Jetzt würde er aus der Geschichte einen Bildband fummeln. Ein paar Fotos, Interviews, Kommentare und ein Verkaufsschlager wäre fertig. Er freute sich. Solche Sensationen müßte man wenigstens zweimal jährlich haben. Das wäre ein Leben!

"Nein, wirklich, ich kann Sie nicht durch die Absperrung lassen. Das ist viel zu gefährlich."
"Glauben Sie, ich verbrenne mir die Finger - oder was?" fluchte Harriet.

"Nein, es ist nur wegen der Fliegen."
"Die Fliegen sind nicht die tödliche Gefahr, mein Freund, die Gefahr für alle, das sind die Menschen selber, verstehst du? Besonders einige hochangesehene Menschen sind gefährlicher als diese kleinen Biester da. Sie geben den Fliegen nur die Schuld für ihre Verbrechen. Aber das verstehst du wohl nicht, wie?"
Der Soldat ignorierte Harriet einfach.
Plötzlich erhob sich ein riesiger schwarzer Berg über dem Flammenmeer. Sämtliche Hubschrauber drehten ab. Der Berg verdichtete sich, zog sich hoch wie ein rasend wachsender Baum, zerstreute sich oben in zahllose Äste und zitterte und zuckte. Der Baum spie ganze Fliegenkolonien aus. Hob und senkte sich wieder über den Flammen, die an ihm hochzüngelten. Dann bäumte er sich noch einmal auf, bevor die Flammen ihn endgültig verschluckten.
Die Journalisten, Fernsehleute und Fotografen knipsten und filmten fleißig.

Lisas, Bobs und Tonys Todesschreie drangen nicht bis zu ihnen herüber. Sie gingen im Knistern der Flammen und im Schwirren der Fliegen unter.

25. Kapitel

Horst-Dieter Glötz stierte auf den Bildschirm. Er stellte die Whiskyflasche auf den Boden, sprang von der Matratze auf und drehte das Fernsehen lauter. Fassungslos sah er die grausamen Bilder.

Aber - was da durch die Kiste flimmert - das ist ja meine Story! Die Story, die dem Chef zu heiß war - wegen der Scheiß-Reklameaufträge. Das kann doch nicht wahr sein! Meine Story!

Horst-Dieter stürzte auf die Straße ohne hinter sich abzuschließen. Auch das Fernsehen schaltete er nicht aus. Er wollte sofort mit Harriet sprechen. Auf der Straße merkte er erst, wie betrunken er war.
Er versuchte, einen klaren Kopf zu bekommen.
Ich muß irgendwo einen Kaffee trinken oder so. Ich muß wieder fit werden!
Er lief ins nächste Cafe. Es war ein Schüler-Treff. Kaum ein Gast war älter als achtzehn. Die Musikbox kreischte. Alle Tische waren besetzt.
Horst-Dieter angelte sich einen Stuhl und setzte sich zu zwei Schülerinnen. Eine von ihnen stand auf und ging sofort.
"Iiih, der ist doch besoffen!"
"Find ich süß", sagte die andere.
Horst-Dieter fischte sich eine Zigarette aus der zerknitterten Packung und bestellte sich einen Kaffee.
"Mir bitte auch noch einen!" bestellte das Mädchen an seinem Tisch.
Eigentlich wollte er gar nicht, aber dann bestellte er doch zwei Cognak. Einen schüttete er der Kleinen in den Kaffee, den anderen kippte er selbst.

Als er am anderen Morgen von Johannes hartem Klopfen geweckt wurde, sah er erschrocken das nackte, schmalbrüstige Mädchen neben sich auf der Matratze liegen. Ihre Haare waren lockig und gin-

gen fast bis zur Hüfte. Horst-Dieter rieb sich den Schlaf aus den Augen. Er hatte einen üblen Geschmack im Mund. Nachdenklich betrachtete er den Körper des Mädchens.
Er war mit Frauen nie zimperlich, aber jetzt bekam er doch Gewissensbisse. Die ist höchstens fünfzehn. Bestimmt suchen ihre Eltern sie. Mein Gott, muß ich besoffen gewesen . . .
"Mach auf Mensch! Du kannst nicht alles verschlafen!"
"Ja, verdammt! Ich komme." fluchte er.

Das Mädchen wurde wach.

Wenn ich nur wüßte, wie sie heißt. Ich kann sie doch jetzt nicht nach ihrem Namen fragen! Wenn sie mir nur keine Szene macht, wenn ich sie an die Luft setze. Horst-Dieter Glötz warf sich einen Bademantel über und öffnete die Tür.

Harriet war auch mit dabei. Das war sichtlich peinlich für Horst-Dieter.
"K - kommt rein. Guckt euch nicht um. Ich habe noch nicht aufgeräumt."
Aufmerksam taxierten Harriet und Johannes das nackte Mädchen auf Horst-Dieters Matratze, das sich ungeniert reckte und einen Wunderschönengutenmorgen wünschte.
"Früher waren deine Mädchen wenigstens nicht minderjährig!"
"Danke, das saß. Bist du gekommen, um mir das zu sagen, Harriet?"
"Nein. Ich habe im Gegensatz zu dir gearbeitet. Ich

habe eine große Illustrierte gefunden, die mir die Möglichkeit gibt, die Wahrheit über die Fliegen zu schreiben. Da hat man scheinbar keine Angst, daß Jelinek seine Aufträge zurückzieht."

Horst-Dieter rieb sich die Augen. Nervös blickte er immer wieder zu dem Mädchen. Sie gähnte und zwinkerte ihm zu.

"Okay, du hast eine Illustrierte gefunden. Und was soll ich dabei für dich tun?"
"Ich will ein Interview mit dir bringen."
"Mit mir?"
"Mit dir!"
"Warum?"
"Ich will aufzeigen, warum die Wahrheit nicht früher ans Licht kam. Dabei sind deine Erfahrungen mit den wirtschaftlichen Druckmitteln der Firma AMAK sehr wichtig."

Horst-Dieter fühlte sich geschmeichelt. Ein Interview mit ihm! Ein Interview in einer großen Illustrierten! Der für Gerechtigkeit kämpfende Journalist, der an den Interessen der Konzerne scheiterte. Das war nicht schlecht. Bereitwillig erzählte er.

Nachdem Harriet alles aufgeschrieben hatte, verabschiedete sie sich.
Horst-Dieter war das recht.
"Also. Mach's gut. Wir haben noch ne Menge vor."
"Tschüß."

Horst-Dieter wandte sich dem Mädchen zu.

“Warum guckst du mich so an?” fragte sie ihn herausfordernd.
“Hm - na ja. Ich war betrunken. Ich meine, ich war nicht ganz klar. - Gestern. Wie alt bist du eigentlich?”

Schroff stand sie auf, griff nach ihrer Jeans und zog sich an.

“He, was ist? Ich wollte doch nur . . .”
“Schon gut Opa. Du warst gar nicht schlecht. Gestern. Aber nüchtern bist du ne Null. Opa.”

Sie zog den Reißverschluß ihrer Jeans hoch.

“Mach dir mal keine Gedanken. Ich bin fünfzehn, falls es dich so brennend interessiert. Aber keine Sorge. Entjungfert hast du mich nicht.”

Schon war sie bei der Tür.

“Also, Opa, mach’s gut. Wenn du mal wieder Lust hast, melde dich. Tschüß Opa.”

Sie knallte die Tür zu.

Belämmert stand Horst-Dieter da.

Opa! Opa hatte sie gesagt. Da macht man sich nun Sorgen und Gewissensbisse und dann . . .

Panisch suchte er eine Tablette. Sein Kopf drohte zu platzen. Er hatte auf ganzer Linie versagt.

26. Kapitel

Mit energischen, harten, ja - wütenden Anschlägen brachte Harriet die Story aufs Papier. Der Aschenbecher neben ihr quoll über. Nie hatte sie mit solcher Genugtuung geschrieben. All ihre Agressionen, ihre Ängste, ihre Enttäuschungen kamen zum Ausbruch.
“Wenn der Artikel erscheint, wird Jelinek eine Stunde später verhaftet. Du machst es dem Staatsanwalt verdammt leicht. Mit deiner Story als Unterlage, kann er gut auf 20 Jahre plädieren!” freute sich Johannes.
Sein Bild schmückte den Artikel selbstverständlich auch.
Die Bildunterschrift konnte sich sehen lassen:

Ein junger Wissenschaftler - entschlossen im Dienste der Allgemeinheit - machte die grausige Entdeckung.

Nicht schlecht, dachte Johannes, nicht schlecht.

27. Kapitel

Sylvia hatte die Beine übereinandergeschlagen und las eine Illustrierte. Sie nippte genüßlich an ihrem Longdrink und war mit sich und der Welt zufrieden, bis sie plötzlich Johannes Bild entdeckte.

Das kann doch nicht wahr sein! Das ist doch der ekelhafte Kerl, der uns hier überfallen hat! Aber -

da steht ja auch was über die AMAK. Sie sprang auf und lief in Jelineks Arbeitszimmer.

Er hatte die Füße auf den Schreibtisch gelegt und hörte ein Tonband ab.
"Schatz! Das mußt du sehen!"
"Komm - bitte stör mich jetzt nicht. Nachher habe ich Zeit für dich. Dann können wir angeln gehen oder was."
"Bitte, Schatz, guck dir das an. Da steht auch was über dich."
Jelinek erblickte das Bild eines Müllplatzes, daneben das von Johannes und sprang auf. Er riß Sylvia die Illustrierte aus der Hand. Fieberhaft las er den Text. Ihm wurde schwarz vor den Augen. Alles begann vor ihm zu schwimmen. Er mußte sich kurz hinlegen. Sylvia goß ihm einen Kognak ein. Jelinek kippte ihn herunter. Er stand auf und lehnte sich kraftlos an die Wand.

"Ich bin erledigt. Dieses Schwein! Dieses erbärmliche Schwein! Er will mich fertigmachen. Unbedingt."
"Schatz, leg dich lieber wieder hin, du siehst ganz bleich aus. Hoffentlich fällst du nicht um. Was ist denn eigentlich passiert?"

Jelinek atmete tief durch.

"Laß mich jetzt bitte allein. Ich muß eine Weile telefonieren, und werde mich dann wohl mit Freunden treffen. Am besten fährst du in die Stadt und kaufst dir was oder so. Auf jeden Fall mußt du mich jetzt in Ruhe lassen."

Beleidigt drehte Sylvia sich um und verließ die Villa sofort.
Jelinek griff zum Telefon.
Sein Atem rasselte nur so. Nie vorher kam ihm die Wartezeit am Telefon so lang vor, bis die erwünschte Person endlich abhob.

28. Kapitel

Johannes umarmte Harriet, hob sie hoch und wirbelte sie durch die Luft. Das war der triumphale Tag seines Lebens! Er war über Nacht zum Helden geworden. Er ging leichtfüßig wie auf Federn.

“Oh, Harriet! Ich könnte die ganze Welt umarmen! Du hast den Stein ins Rollen gebracht. DU! Du!”

Auch Harriet lachte. Sie hatte noch nie einen Leitartikel für eine so große Illustrierte geschrieben. Damit war ihr der Durchbruch gelungen. Sie konnte jetzt in jeder Redaktion einen guten Posten bekommen, das war klar. Vielleicht war das auch endlich ihr Start als freie Journalistin? Seit langem träumte sie davon: als freie Journalistin unabhängig von einer einzigen Tageszeitung zu arbeiten und ihre Artikel dann an den Meistbietenden zu verkaufen. Dieses Leben stellte sie sich romantisch vor. Vielleicht würde es nun beginnen?

“Was wird aus dir? Warst du schon wieder im Institut?”

Harriet fragte, weil sie wirklich glaubte, ihr bisheriges Leben könne so nicht weitergehen. Nun war etwas Einschneidendes passiert. Endlich! Und nun würde alles anders werden als bisher. Alles. Die banale Alltäglichkeit ihres Lebens war vorüber.

"Ich habe den ganzen Morgen im Bett gelegen. Dann bin ich losgerannt und habe mir im Schlafanzug am Kiosk eine Illustrierte gekauft. Ich konnte es kaum fassen."
"Aber ich habe den Artikel doch in deinem Beisein geschrieben."
"Trotzdem!"

Als Harriets Arme ihn erneut umschlangen, packte er sie und trug sie ins Schlafzimmer.

Harriet kicherte. Johannes stieß mit einem Fuß die Tür auf, wuchtete Harriet bis zum Bett und ließ sie dann fallen. Sie kicherte auch noch, als er sie auszog.

"Sei doch nicht so albern!"
"Laß mich! Ich will albern sein. Ich bin glücklich!"

Johannes riß sich das Hemd von der Brust und warf es in eine Ecke. Harriet biß ihm in die Schulter und lachte.

*

Johannes verstand den Anrufer nicht gleich richtig. Es war ein Herr vom Ministerium. Er äußerte sich sehr lobenswert über Johannes' wissenschaftliche

Arbeit. Man sei auf ihn aufmerksam geworden, sagte er. Sprach von Verantwortung für die Gesellschaft und einem wichtigen Forschungsprojekt, das man in seine Hände übergeben wolle. Ja, ganz recht auf Empfehlung von Professor Werner Heidunk, der sehr viel von ihm halte. Er solle doch mal gleich ins Ministerium kommen, damit man bei einer Tasse Kaffee alles in Ruhe besprechen könne.

Verwirrt legte Johannes auf. Harriet streckte sich in dem zerwühlten Bett aus.

“Was ist denn los? Wie spät ist es denn?” rief sie gähnend zu Johannes herüber.

Er zündete sich eine Zigarette an, blickte auf die Uhr und sagte: “Wir liegen seit fast zehn Stunden im Bett.”

“Na und? Wieviel Schlaf hast du denn bekommen, als du hinter deinen Scheißfliegen hergelaufen bist? Komm wieder ins Bett. Komm!”

“Nee, ich glaube, während wir hier liegen, machen sich andere Leute Gedanken um unsere Zukunft, und sie gestalten sie nicht schlecht. - Man hat mir einen wichtigen, einen großen Forschungsauftrag angeboten. Wir sind über Nacht zu Persönlichkeiten geworden!”

“Quatsch. Man will dich jetzt nur kaufen, damit du nachher nicht gegen die falschen Leute aussagst.”

“Kann schon sein.”

29. Kapitel

Eine Sachverständigenkommission wurde eingesetzt und überprüfte Johannes' Anschuldigungen gegen die AMAK.
Sie suchten das teilweise niedergebrannte Dorf nach Giftresten ab. Schon nach knapp vierundzwanzig Stunden stand fest, daß Johannes' Verdacht, verbotene Giftlagerungen seien auf der Müllkippe zu finden, richtig war. Ein Zusammenhang zu den Fliegen konnte allerdings noch nicht festgestellt werden.

Jelinek lud Journalisten von fast allen Zeitungen und Rundfunksendern in ein extra für diesen Zweck angemietetes Waldschlößchen zu einer Pressekonferenz mit anschließendem kalten Büffet ein.

Ein empörter Jelinek trat auf, der sich betrogen und hintergangen fühlte, weil in seinem Unternehmen offenbar ungesetzliche Handlungen praktiziert wurden. Er kündigte eigene Untersuchungen an, versprach, hart gegen die Schuldigen vorzugehen und forderte hohe Strafen für solche niederträchtige Verbrechen. Er erzählte von einem Vertrag mit einer Giftverbrennungsgesellschaft, den er seit Jahren habe und von immensen Zahlungen an diese Gesellschaft. Irgendein Schwein mußte dieses Geld wohl unterschlagen und das Gift dann einfach auf einer Müllkippe gekippt haben.

Jelinek sprach von kriminellen Elementen. Er kam bei den Journalisten gut an.

Es erschienen halbseitige Stellungnahmen und Interviews mit ihm.

Er zeigte den Journalist Glötz an, der behauptet hatte, daß ein Artikel von ihm auf Intervention von Jelinek nicht hätte erscheinen können. Dem Journalisten Glötz wurde gekündigt.

Der Chefredakteur der Illustrierten entschuldigte sich öffentlich bei Jelinek für diese haltlose Behauptung eines ehemaligen Mitarbeiters.

*

Als Heino Harriet und Johannes besuchte, war er sichtlich gealtert. Er hatte sich seit einigen Tagen nicht rasiert. Seine Finger waren braun vom Nikotin.

Er machte aus seiner Verzweiflung keinen Hehl. Natürlich war auch ihm fristlos gekündigt worden. Natürlich hatte man auch gegen ihn einen Prozeß angestrengt. Er wurde gemeinsam mit dem Fahrdienstleiter der Firma AMAK angezeigt, unerlaubt Gift gelagert und die AMAK um das ganze Geld für die Verbrennungsfirma betrogen zu haben.

Johannes und Harriet kannten die Story. Sie boten Heino einen Schnaps an und sprachen ihm Mut zu. Schließlich war ja auch ein Prozeß gegen Jelinek angestrengt worden. Da werde schon alles ans Tageslicht kommen.

Verzweifelt suchte Heino Hilfe bei Johannes und Harriet. Doch auch sie hatten nur gute Worte.

"Ich habe doch nichts getan! Verdammt ich hab' doch nichts getan. Man kann mich doch nicht ruinieren, nur damit Jelinek nichts passiert. Er ist doch das Schwein. Nicht ich!"

Johannes verlor langsam das Interesse an dem Fall. Auf ihn warteten wichtige Forschungsaufgaben. Natürlich konnte er Heino nicht einfach an die Luft setzen. Doch Heino mußte mit seinen Problemen schon selbst fertig werden. Das gab er ihm auch unmißverständlich zu verstehen.
Harriet sagte gar nichts dazu.

Sylvia wurde ihrem Jelinek langsam lästig. Im Bett war sie ganz okay, aber zur Repräsentation eignete sich die eigene Frau doch besser.
Jelinek beschloß, wieder ein vorbildlicher Ehemann zu werden.

30. Kapitel

Die Kneipe war nicht ganz niedergebrannt.
Ein Baum mit brennender Krone war vor dem Haus umgestürzt und hatte einen Teil des Daches eingedrückt. Zwei Gästezimmer brannten aus. Die eigentliche Kneipe und die Kellerräume mit den Wein- und Schnapsvorräten waren unbeschädigt. Emmy saß allein hinter der Theke.

Seit Charlie im Krankenhaus lag, und das halbe Dorf abgebrannt war, tröstete Emmy sich mit scharfen Schnäpsen.

Sie war seit Wochen im Suff. Was sollte sie auch tun? In der Kneipe kam kaum noch einer. Die Leute, falls sie überhaupt wieder ins Dorf zurückkamen, hatten kein Geld für Sauftouren. Sie richteten ihre Häuser wieder her, rannten zu Ämtern und füllten Anträge auf Beihilfen aus.
Emmy konnte sich auch nicht dazu aufraffen, Handwerker zu bestellen. Natürlich mußten die Gästezimmer wieder hergerichtet werden, doch sie wußte nicht, woher sie das Geld für die Reparaturen nehmen sollte, außerdem - vielleicht wäre es besser, sie würden die Kneipe ganz aufgeben? Ach, Emmy wußte es nicht. Sollte man sie doch in Ruhe lassen. Sie hatte in ihrem Leben genug geschuftet. Jawohl! Mit Schrecken dachte sie an die verkohlten Leiber in Bobs Wohnung. Die Frau konnte keiner identifizieren, aber einer der Männer war Bob, das war klar. Die verstümmelten Hände waren noch gut zu erkennen. Der andere Mann, das war Tony, wäre auch ohne die Verbrennungen gestorben. An einer Schußwunde. Das behauptete zumindestens ein Gerichtsmediziner. Ob Charlie wieder gesund würde? Emmy goß sich das Glas noch einmal voll. Sie trank den Schnaps aus einem Bierglas.

Gegessen hatte sie seit Tagen nicht mehr. Zum Kochen fehlte ihr jede Energie. Sie stand meist so um die Mittagszeit auf, manchmal auch später. Drei,

vier Stunden soff sie, lief in der Kneipe rum und stierte immer wider in den Spiegel.
Schnaps hatte sie noch für ein paar Monate, für jeden Tag eine Flasche oder auch zwei. Daran sollte ihr Verfall nicht scheitern.

Zeitungsartikel:

SCHLÄGEREI BEIM UMWELTPROZESS
FAHRDIENSTLEITER LEGT GESTÄNDNIS AB

Zu handfesten Auseinandersetzungen kam es am Freitag gegen 14 Uhr bei dem spektakulären Umweltprozeß, der seit Tagen die Presse im ganzen Land beschäftigt. Der angeklagte Lastwagenfahrer H. ging im Prozeßsaal auf den Unternehmer J. los, der an diesem Prozeßtag vor Gericht erschien, um sich und seine Firma vor der Öffentlichkeit zu rechtfertigen.
H. schlug J. mehrmals ins Gesicht. Nur das energische Eingreifen von Polizei und Prozeßbeobachtern konnte Schlimmeres verhindern.
Der Unternehmer J., der als Förderer der Schönen Künste und des Sports seit langem bekannt ist, zeigte sich empört über die langjährigen Betrügereien in seinem Betrieb. Er warf dem Fahrdienstleiter B. vor, gemeinsam mit dem Lastwagenfahrer H. das - für eine Chemische Verbrennungsanlage vorgesehene - Gift in Nacht- und Nebelaktionen auf Müllkippen gebracht zu haben, statt es bei der Verbrennungsfirma abzuliefern. Das für die Verbrennungsfirma vorgesehene Geld wurde so unterschlagen.

Der Fahrdienstleiter legte ein volles Geständnis ab. Er gab zu, in den letzten zwei Jahren das Geld für die Verbrennung des Abfalls unterschlagen zu haben. In seinem Auftrag habe der Lastwagenfahrer H. das Gift dann auf örtliche Müllkippen abgeladen.
Die zahlreichen Todesopfer, die Kranken, die jetzt noch die Krankenhäuser füllen und vielleicht nie wieder gesund werden, so wie die Verwüstung einiger Dörfer und der entstandene Sachschaden sind Beweise genug für die verantwortungslose Handlungsweise der Angeklagten.
Der Unternehmer J. erklärte, der durch verschiedene Veröffentlichungen entstandene immaterielle Schaden der AMAK sei noch nicht abzusehen.
In der Tat litt das Ansehen der Firma erheblich unter den Anschuldigungen der Linkspresse. Einige Journalisten beschuldigten den Unternehmer J., der selbst zu den Betrogenen zählt.

Durch die Aussage des Fahrdienstleiters B. wurden diese Attacken gegen den Unternehmer J. widerlegt.
Dazu Rechtsanwalt Eumels: "Die Anschuldigungen gegen Herrn J. haben sich als haltlos erwiesen. Die Staatsanwaltschaft sah von einer Anzeige selbstverständlich ab. Diese Rufmordkampagnen gegen Herrn J. hatten einen eindeutig politischen Charakter. Sie richteten sich gegen die freie Marktwirtschaft insgesamt. Wir kennen das doch. Da wird mit Betrügereien politisch Stimmung gemacht."
Lesen Sie dazu auch unseren Kommentar: Die wilden Kipper sind gefaßt, die Bevölkerung kann aufatmen.

31. Kapitel

Nachdem Harriet ihre Post durchgesehen hatte, rief sie Johannes an.
Müde meldete er sich.
"Hm - ja."
"Du, Johannes, ich habe hier einige Briefe von verschiedenen Bürgerinitiativen für den Umweltschutz. Diese Leute haben auch schon hier angerufen. Sie kennen mich von den letzten Artikeln. Die haben ja auch ganz schön Wind gemacht. Also, diese Leute haben mich zu Diskussionen und Aktionen eingeladen. Glaubst du, wir sollten da mitmachen?"
Johannes gähnt und fingerte verlegen an seiner Uhr rum. Harriet wurde heftiger: "Fälle - wie den unsrigen - gab es nämlich schon öfter. Es kam zwar nie zur Katastrophe, aber . . ." Johannes unterbrach sie: "Mensch, hast du immer noch nicht genug?"
"Ja, wir können doch jetzt nicht weiterleben, als sei nichts geschehen!"
"Ich weiß nicht, ich finde, wir haben getan, was wir tun konnten. Wir haben genug riskiert. Jetzt sind mal andere dran. Einen Revolutionär macht aus mir keiner mehr - außerdem - mein Forschungsauftrag . . ."

"Du weißt wohl gar nicht, was läuft? Die wollen den Heino fertigmachen. Der soll jetzt die schmutzige Zeche bezahlen. Und dieser gekaufte Fahrdienstleiter . . ."
"Das siehst du zu dramatisch. Was glaubst du, wieviel der Jelinek dem Fahrdienstleiter für dieses dämliche Geständnis bezahlt? Der hat ausgesorgt,

wenn er aus dem Knast kommt, falls er überhaupt rein muß."

Harriet legte den Hörer wieder auf die Gabel. Nicht zornig - eher enttäuscht.

Zeitungsartikel:

URTEILE IM UMWELTPROZESS
RANDALIERER LIEFERN SICH
STRASSENSCHLACHT MIT
DEUTSCHER POLIZEI

Mehrere Hundertschaften Polizeibeamter mußten am letzten Prozeßtag beim Umweltprozeß aufgeboten werden, um die meist jugendlichen Randalierer am Betreten des Gerichtsgebäudes zu hindern.
Die Provokateure forderten auf Flugblättern 'Maßnahmen gegen die großen Umweltzerstörer' und beschimpften den Unternehmer Jelinek und die AMAK.
Herr Jelinek kündigte gerichtliche Schritte an.
Einzelne Demonstranten warfen Farbbeutel gegen Polizeiwagen und Gerichtsgebäude. Als Polizeibeamte versuchten, die Täter festzunehmen, kam es zu Schlägereien mit den Jugendlichen.
Sie versuchten sogar in Sprechchören das Gerichtsgebäude zu stürmen. Mehrere Wasserwerfer wurden benötigt, um den Spuk ein Ende zu bereiten.
In dem Chaos wurde auch der unbeteiligte Rentner Alois K. (Foto unten rechts) von den wütenden Demonstranten niedergeschlagen.

Alois K.: “Früher wäre das nicht passiert. Getreten haben sich mich. Jawohl!”
Im Gerichtssaal sah es ähnlich aus. Der angeklagte Lastwagenfahrer H. mußte während der Urteilsverkündung aus dem Saal gebracht werden, da er randalierte und den Richter als “Pestbeule” und “gekaufte Mistsau” titulierte.
Der Angeklagte, dessen Anwalt gegen das Urteil Berufung einlegen will, erhielt fünf Jahre Freiheitsentzug.

Der Fahrdienstleiter B., der schon in den ersten Prozeßtagen ein ausführliches Geständnis ablegte, kam mit drei Jahren davon. Die Untersuchungshaft wird ihm angerechnet. Er nahm das Urteil an.
Der Unternehmer Jelinek verzieh seinem Fahrdienstleiter noch im Gerichtssaal. Er gab ihm die Hand und versicherte, ihn nach abgesessener Haftstrafe wieder in seinem Betrieb aufzunehmen. Nur eine große Unternehmerpersönlichkeit mit sozialem Engagement konnte sich so wenig nachtragend zeigen.
Das Gerichtsgebäude konnte er allerdings nur unter Polizeischutz verlassen, da sich draußen schon wieder einzelne Gruppen zusammenrotteten und die Verstaatlichung der AMAK forderten.

Lesen Sie dazu auch unseren Kommentar: Linke Umstürzler versuchen, den Umweltskandal für ihre politischen Ziele auszunutzen.

Ende?

Biografische Notiz

Klaus-Peter Wolf, geb. '54 in Gelsenkirchen, lebt dort mit seiner Frau Mary und einem Kaninchen in einer viel zu kleinen Wohnung - direkt unter dem Dach.
Nach Abitur und Kriegsdienstverweigerung jobbte er bei einer Lokalzeitung, dann Jugendarbeit im Sozialen Friedensdienst und Jurastudium in Bochum.
Er schreibt Kurzgeschichten für Tageszeitungen im In- und Ausland und den Funk.

Buchveröffentlichungen:

72 MEIN FREUND PINTO
(Asphalt-Taschenbuch), vergriffen
75 WENN IHR FRAGT,
Gedichte und Erzählungen (Wal-Holland)
76 VERSUCHE AUFRECHTZUGEHEN,
Kurzgeschichten (Literarischer Verlag Braun)

Hörspiele:

75 MISCHA
76 RACHE IN DER ZWEITEN STUNDE

Preise und Auszeichnungen:

73 Argus-Literaturpreis für die Kurzgeschichte: WARUM ICH FORTGING
75 Kunststipendium der Stadt Gelsenkirchen für Literatur
76 Arbeitsstipendium des Landes NRW

H.D. Gölzenleuchter

Geboren 1944 in Freiburg/Breisgau, arbeitet freiberuflich als Maler und Grafiker in Bochum. Gölzenleuchter ist Autodidakt. Arbeiten wurden veröffentlicht u.a. in den Zeitschriften Bildende Kunst (DDR), Collage, die horen, Kultur und Gesellschaft, Tendenzen, den Zeitungen DVZ, Forum, UZ, WAZ, Westfälische Rundschau. Illustrationen zu Büchern, des Anrich-, Atelier im Bauernhaus-, Damnitz- und Fischer-Verlags. Im Selbstverlag (Reihe Asphalt) verlegt er realistische Literatur und Grafik. Teilnahme an nationalen und internationalen Ausstellungen. Gölzenleuchter ist Mitglied im Berufsverband Bildender Künstler und im Demokratischen Kulturband der BRD.

IST ES SO‘ WEIL ES SO IST?

Wen es interessiert, wie Kurzgeschichten aussehen, die ein bundesdeutsches Kultusministerium aus einem Lesebuch herauszensiert hat, der möge einmal Klaus-Peter Wolfs “VERSUCHE AUFRECHTZUGEHEN” in die Hand nehmen. Mit dem aufrechten Gang scheint man sich hierzulande verdächtig zu machen, besonders wenn es um Schulprobleme geht, wie z.B. in der Kurzgeschichte “Rache für Boris”. Hier wird das Schulleben aus der Sicht eines Klassensprechers gesehen mit allen Problemen, die sich aus der Diskrepanz zwischen autoritären und menschlichen Lehrern ergeben.
Auch die anderen Texte sind ganz aus der Perspektive des Jugendlichen geschrieben: Probleme der Schule, der Heimerziehung, der Jugendarbeit, der Familie. In allen Kurzgeschichten geht es um die Emanzipation des Jugendlichen von autoritären und dogmatischen Stories an der Praxis reflektiert, denn alle seine Arbeiten sind non-fiction, also reale Erlebniswelt.
“Ich bin noch sehr jung”, sagt Klaus-Peter Wolf in scheinbarer Naivität, “ich verstehe längst noch nicht alles. Aber wenn ich mal frage, warum etwas so ist, wie es ist, sieht man mich an, als müßte ich mich für meine Frage entschuldigen.” Aber Wolf entschuldigt sich nicht, sondern bleibt aufrecht und bohrt weiter, um Kausalzusammenhänge zu klären und die angeblich heile Welt als verlogen zu entlarven.

Diese Texte, die einem Zensor eines Kultusministeriums unbequem erscheinen mögen, enthalten im Grunde gerade die Initialzündungen für kritisches Denken, das ein Schüler im Laufe seines Schullebens entwickeln sollte. Für Jugendliche ab 12 Jahre und auch als Diskussionsgrundlage für die Jugendarbeit sehr gut geeignet.

D.P. Meier – Lenz in "die horen" Nr. 102

Klaus-Peter Wolf: VERSUCHE AUFRECHTZUGEHEN. Grafik von Güdnv Schneider – Mombaur, Literarischer Verlag Helmut Braun, 88 Seiten, 10 DM